メディアワークス文庫

後宮食医の薬膳帖
廃姫は毒を喰らいて薬となす

夢見里 龍

登場人物
イラスト／夏目レモン

蔡《ツァイ》慧《フェイ》玲《リン》

後宮で唯一の食医。暴虐を尽くした先帝の廃姫であり、毒を熟知する白澤一族の叡智を受け継ぐ最後の末裔。

鴆《チェン》

怪しげな翳をもつ美貌の青年。宮廷で活躍する風水師だが、その正体は毒を操る暗殺者。

明藍星【ミンランシン】
慧玲に仕える女官。明るく素直な性格。虫が嫌い。

麗雪梅【リーシュエメイ】
春宮で二番目の権力を持つ妃嬪。舞の名手。

凮【フォン】
異民族出身の夏妃。誰に対しても気さくに振る舞う。

胥欣華【シュシンファ】
現皇帝の皇后。神秘的な雰囲気を纏う、謎多き人物。

胥雕【シュディアオ】
慧玲の叔父。暴君となった先帝を倒し玉座についた。

蔡索盟【ツァイスォモン】
慧玲の父。もとは賢帝だったが、後に処刑された。

目　次

序　5

第一章
梅薫姫と満漢全席　12

第二章
炎華の后とアボカド乳酪　108

第三章
罪から出た錆と咖哩　196

序

菊の頸《くび》が、ぽとりと落ちた。

冬を待たずに訪れた八朔《はっさく》の雪が茎を折ったのだ。人々は雪に埋もれた菊を踏みしだいていく。それは、誰にも哀《かな》しまれることのない死だった。

◇

細雪《ささめゆき》が吹《ふ》き荒《すさ》ぶなかで手枷《てかせ》をつけられた姑娘《むすめ》が跪《ひざまず》き、頭《こうべ》を垂れていた。歳《とし》の頃は十四ほどか。破れた服をまとった華奢《きゃしゃ》な肩には雪が積もり、細かく震えている。彼女を取りかこむ高官たちの視線に哀れみはなく、直ちに死刑に処すべしという強い敵意に満ちていた。

「おもてをあげよ、蔡慧玲《ツァイフェイリン》」

皇帝に促されて、慧玲と呼ばれた姑娘は静かに視線をあげる。奇異なる銀髪から覗《のぞ》いたその顔はひどく青ざめていたが、華のように麗しく、聡明《そうめい》さを漂わせていた。

彼女は先帝の姑娘だった。帝姫《ていき》であった彼女がなぜ、重罪人として裁かれようとしているのか。

皇帝が語りだす。

「剋《コク》では今、毒疫《どくえき》たる奇病が蔓延《まんえん》している。それは誰もが知るところであろう」

高官たちは互いに眉根を寄せ、頷《うなず》きあった。

毒疫とは昨年の秋から国内で発症し始めた奇病である。

従来の疫病と違い伝染することはないが、無毒であるはずの水、火、樹木などから罹《り》患《かん》するため、予防策もない。最大の特徴は発症者によって病状が異なるところにある。

高熱を通り越して発火する患者もいれば、皮膚が次第に硬くなり石塊《せっかい》になる患者もいた。

「毒疫は人のみならず、家畜や土壌を毒して飢饉《ききん》や災害をもたらす。人知の及ばぬ奇病に人心は大いに乱れ、天も地も毒に覆われたと嘆きの声が絶えぬ」

毒疫はただの病ではない。五行《ごぎょう》による病だ。

五行。

世界に在るあらゆるものは五つの自然現象からなる。

命を暖める火、命を潤す水、それらによって豊穣《ほうじょう》をもたらす土と、そこで生育する木と鉱物たる金——これらの五つの事象が互いに助けあい、時に抑制しあうことで、人間を含めたすべての命は健やかに育まれている。

だが、これらの自然現象が毒に転じて、養うべき命を害する——これが毒疫の正体だ。

「剋が創建されてから千年経《た》つ。剋は五度にわたり、毒疫の禍《か》に見舞われたが、地に禍《わざわい》があるのはきまって皇帝の政《まつりごと》が乱れた時である。即《すなわ》ち、この毒疫は悪政を敷いた先帝の咎《とが》であると考える」

先帝は罪もない者たちを続々と残虐なる刑に処し、飢える民の声を無視して宴《うたげ》を催しては財を貪った。先帝の暴虐なる振る舞いは渾沌《こんとん》という化生《ばけもの》を想起させ、人々は先帝を《渾沌の帝《みかど》》と呼んだ。

「渾沌の帝は死刑に処された。だが、先帝の死後まもなくして、毒疫がもたらされ、民を蝕《むしば》み続けている。これは総じて先帝の責に他ならぬ。申し開きはあるか」

「ございません。罪は、死をもって償います」

慧玲は命乞いをしなかった。帝は眦《まなじり》を微《かす》かに緩める。

「そなたは渾沌の帝の姑娘だが、白澤《はくたく》の姑娘——でもある」

白澤、という皇帝の言葉に高官たちは顔を見合わせた。

高官が拱手《きょうしゅ》して、声をあげる。

「畏れながら。白澤と仰《おっしゃ》いますと、叡智《えいち》の一族と語られるあの白澤ですか？　よもや伝承に語られるのみで、とうに滅びたものと思っておりましたが」

白澤とは医師の一族だ。大陸各地を転々として、奇病に侵された患者のもとに現れては、神妙なる薬をもってそれを癒《いや》してきた。

白澤の一族が他の医師と違うのは、五行思想を医学に取りいれたことだ。五行とはそもそも易占のために編みだされた概念だが、白澤の一族は人体もまた自然の一部だと考え、これを応用した。

毒疫は五行の毒だ。五つの要素が影響を与えあいながら絡みあうこれらの毒は、表の病態だけを診て解毒できるものではない。毒疫の数だけ要素の組みあわせがあり、患者によって症状が異なるのもそのためだ。

病因となった本《もと》の毒を見抜き、適切な薬を処方するには卓越した知識を要する。過去に毒疫が起こった時代の史書を鑑みても、毒疫を鎮めることができたのは白澤の一族のみだった。だが、白澤の叡智を畏れた時の権力者が白澤の一族を根絶やしにした。今から二百年ほど前のことだ。

白澤の一族は伝承のなかの民族となり、今にいたる。

「そうか。そなたは知らなんだか」

間に入ったのは古参の高官である。

先帝が希少なる民族の女を寵愛《ちょうあい》して、後宮という籠に捕らえていたという噂《うわさ》は、宮廷でも知られていた。だが、当時の重鎮が先帝に処刑された今となっては先帝に関する内情を知る者はわずかだ。高官は続ける。

「先后は確かにあらゆる毒を解き、人々を治療する白澤の一族であった。姑娘である蔡慧玲もその血脈を継いではいるが……」

皇帝はひとつ咳払《せきばら》いをした。高官は畏《かしこ》まる。再び皇帝が語りだした。

「蔡慧玲。そなたは若き身でありながら、すでに白澤の叡智を修めている。毒疫を制するため、医師として務めるのならば、処刑は一時、免ずるものとする」

皇帝の言葉に場が騒然となった。

「陛下！　禍根となり得るものは今、ここで絶つべきでございます」

古参の高官が総意を汲《く》んで進言するが、帝の意はすでに固まっていた。

「静粛に。毒疫を制する者は白澤の一族をおいておらぬ」

ゆえに問おう、と皇帝は言った。

「母のように患者を癒す薬となるか。あるいは父のように民を侵す毒となるか。そなたは果たしてどちらか」

慧玲が緩やかに視線をあげた。静かな緑眼だ。その眼差《まなざ》しは強く、透徹としている。

かつて、父である先帝は姑娘たる慧玲に語った。

毒を喰《は》みて、薬となせ――と。

いかなる不条理をも受けとめ、然《しか》れども自身が条理を踏みはずすことなかれ――それが先帝の信条でもあった。だが、先帝は誓いを破り、不条理な虐殺を繰りかえした。ならば、姑娘である慧玲だけは、その誓いを真とせねばならない。

青ざめた唇をほどき、慧玲は皇帝に誓いを立てる。

「ご恩情に報い、いかなる毒をも薬《やく》と転じて先帝の罪を償います——」

◇

剋は大陸を統一した帝国である。

諸国に分轄された大陸では千年にわたり、争いが絶えることはなかった。大陸を統一するべく、東西南北にある帝国同士が争った。五十年経て、東部の剋がついに勝利を収めた。西の領地を統轄し南北を属国としたことで、剋は大陸最大の領地を有する大国となり、安寧を築きあげた。

大陸統一の夢を実現したのは先帝である索盟《スオモン》皇帝であった。

この索盟皇帝が慧玲の父親にあたる。

彼は武勇に優れ、智策《ちさく》を講じてあらゆる難局を切り抜け、勝利に導いた。だが、終戦から幾許《いくばく》も経たずして、彼は虐政を敷き、罪もない者たちを殺戮《さつりく》した。

人々は語った。武神は血に飢えたのだと。

義憤にかられた庶兄は革命を起こし、帝を処刑してみずからが新たな皇帝となった。

これでようやく真の平穏が訪れた――はずだった。

先帝の死後、さらなる災いが帝国に降りかかる。

毒疫の禍である。

秋から始まった毒疫の禍は七カ月経った春になっても沈静のきざしはなく、地方で植物を腐らせ、家畜を蝕んだ。飢饉で食物の値が高騰するなど毒疫の影響ははかり知れなかった。毒疫の被害は国の僻地《へきち》から都心部に向かって拡大している。都でもいつ毒疫が蔓延するかと、民心に影を落としていた。

帝都の東部には宮廷がある。内廷で最も華やかな一郭が後宮だ。

後宮は春の宮、夏の宮、秋の宮、冬の宮に分轄され、皇后の次位にあたる季妃《きき》がそれぞれの宮を取りしきっていた。季妃を含め、宮中には約百五十名の妃妾《ひしょう》がおり、四百もの女官と宦官《かんがん》がともに居住している。

毒疫の障《さわ》りは、後宮にも確実に忍び寄っていた。

毒疫はいかに高位な典医にも癒せない。

ただ一人、特異なる後宮の食医を除いては――

第一章　梅薫姫と満漢全席

春になったばかりの後宮では奇妙な噂が囁《ささや》かれていた。

ある妃が魚になる奇病を患い、臥《ふ》せっている――というものだ。ずいぶんと荒唐無稽だが、想像するだにおぞましく、その噂は妃妾たちを怯《おび》えさせた。

後宮の食医である蔡慧玲のもとに依頼がきたのは噂が拡《ひろ》がり、間もなくしてだった。

「医官に診せても首を横に振るばかりで……」

診察に訪れた慧玲にむかい、患者である妃妾の母親が涙ながらに訴える。

慧玲は希有《けう》な銀の髪に孔雀《くじゃく》の笄《こうがい》を挿していた。緑絹《りょくけん》で織られた襦《どうぎ》に袖を通し、華奢な腰には孔雀紋の青い帯を締めている。裙《くん》は古風な緑で、これは大陸において薬を象徴する色だ。

慧玲は処刑された先帝の廃姫《はいひ》でありながら、皇帝の推挙にあがり、笄年《けいねん》（十五歳）の若さで後宮の食医という官職についていた。

だが、そのいわくのため、彼女に調薬を依頼する者はかぎられている。

妃妾の母親とて、典医に匙《さじ》を投げられていなければ、慧玲に娘を診せたいなどとは思わなかったはずだ。現に慧玲にむける視線は疑いを帯びている。

慧玲はそれを察してはいたが、穏やかな微笑を崩すことはなかった。

妃妾の母親が慧玲を寝室に通す。

襦裙《じゆくん》や帯がぬぎ散らかされた部屋のなかには、水の張られた大桶《おおおけ》があった。湯帷子《ゆかたびら》をまとった妃妾が力なく項垂《うなだ》れ、浸《つ》かっている。

芙香妃《フーシャンひ》だ。髪は乱れて濡《ぬ》れそぼち、生気を損なった眼からは涙を噴きこぼし続けている。濡れた絹ごしに透けた素肌には青い鱗《うろこ》が浮かびあがっていた。

魚になる奇病か、言い得て妙だ。

「芙香妃はいつ頃から、このような状態になられましたか」

「五日前の朝です。起きた時に脚が動かしにくいと言いだして、昼には起きあがることもできなくなりました。それからしきりに喉が渇くと訴えて、なのにいくら水を飲ませても、渇きは癒えず……ついには水に浸かりたいと」

「それでこちらの水桶《みずおけ》ですか。鱗はいつから」

「水に浸かった時にはひとつ、ふたつだったたと。時を追うごとに鱗が拡がりだして、水桶からひきあげようとしたのですが、その時にはもう水に浸かっていないと呼吸もままならず。今朝にはとうとう声もだせせなくなって……娘はいったいどうなってしまったのでしょう」

脚が動かなくなり、水を欲す。さながら伝承の水妖《にんぎょ》だが、これはれっきとした病だ。

「耳の不調を訴えておられたことはありましたか」

「耳ですか？　そういえば、確か、脚が動かなくなる数日前から、寝入《ねい》り端《ばな》に潮騒《しおさい》が聴こえると言っていたような」

「承りました。それではこれより診察をさせていただきます」

慧玲は「失礼いたします」と頭をさげてから、芙香の口をこじ開け、舌を摘まみだした。芙香の母親はぎょっとしているが、慧玲は構わず続けた。

舌の横に窪《くぼ》んだ跡がついていた。舌が腫れているせいで歯形が残っているのだ。

呼吸は口呼吸。微かな喘鳴《ぜんめい》が混ざっていることから、気管から肺にかけても浮腫《ふしゅ》が確認できる。肋骨《ろっこつ》の下部に触れ、指圧を加えると腎臓がわずかに腫れているのがわかった。

芙香が声もなく喉をのけぞらせて、眉根を寄せる。痛みもあるようだ。

芙香の心窩《みぞおち》を軽く叩《たた》いて慧玲は体内の音を確かめる。水桶に浸かっているのでわかりにくいが、上腹部から水の波打つ音が聴こえた。

「不要な水が臓に滞っていますね」

「そんな。娘はずっと渇きに苛《さいな》まれていたのに？」

「水滞《すいたい》が続くと代謝されない水が臓の一部に滞り、必要な器官に水が循環しなくなるため、渇きを訴えるようになります。流れている水は清らかですが、滞った水は濁るもの」

慧玲は言葉を切ってから、続けた。

「芙香妃を蝕んでいるのは水毒《すいどく》です」

「毒？」

芙香の母が青ざめた。

「娘は毒を飲まされたということですか」

「いえ、違います。毒といっても、これは毒物ではなく、毒疫といわれるものです」

毒疫。芙香が絶望して、取り乱す。

「医官たちが毒疫は誰にも治せないと……！　娘は不治の病だというの⁉」

都の民はもちろんのこと、後宮にいる妃たちも毒疫については無知だ。知っているのは謎の病で、確実に死に至るということだけ。

「ご安心ください。適切な薬を処方すれば、毒疫は解毒できます」

あらゆる自然現象は五種に分類される。火、水、金、土、木の五種だ。それぞれは互いを助けて強める関係と、制して衰弱させる関係で繋《つな》がっている。例えば水は火を滅ぼすが、木を育むことで助ける。だが火が強すぎると、今度は水を蒸発させる。それゆえに五行――〈行〉とは互いに影響を与え合う関係性を意味する。

五行の概念は専ら易占に取りいれられてきたが、白澤の一族はこの思想を医に適用した。人体もまた自然の一部であると考えるためだ。

その五行の一種が水である。水が人体に害する毒となったものを、白澤の医においては水毒と呼ぶ。

「……なぜ、娘がこのようなことに」

芙香の母は頭を抱《あ》える。

慧玲は敢えて黙っていたが、部屋の有様《ありさま》をみて、すぐに水の毒だとわかった。

散らかった襦裙や帯。そこから生じたかびが部屋中に充満してむせかえるほどだ。芙香の体に表れた症状は水毒によるものだが、かびそのものは土毒《どどく》にあたる。土は水を吸収するため、かびを吸い続けることで肺には水毒が溜《た》まる。つまり、芙香を蝕む水毒を治療するには、その基となる土の要素に着目しなければならない。

このようにあらゆるものは互いに影響しあうことで、なりたっている。それが白澤の叡智なくして、毒疫が解けない所以《ゆえん》だ。

慧玲が緑絹の袖を掲げ、頭をさげた。

「ただちに水の毒を解く薬膳を調《ととの》えます」

◇

後宮の北東には藪知《やぶし》らずと称された竹林がある。

蒼々《そうそう》たる竹林は昼でも暗く、妃妾も宦官も寄りつかない。

慧玲に与えられた離舎《りしゃ》はそこにある。四季の宮からは一里（四百メートル）ほど離れており、もとは心を壊した皇后や妃を隔離するために建てられた隠れ宮だったという。質素な建物だ。壁のすきまからは絶えず風が吹き抜け、春でも寒い。

慧玲は帰ってすぐ、離舎にある薬種《やくだね》の在庫を確認した。部屋の両側の壁は百味簞笥《ひゃくみだんす》で埋まっており、白澤の一族である母親が残した希少なる薬種が厳重に保管されている。

慧玲は水毒の解毒に必要なものを選び、庖厨《くりゃ》にむかった。

慧玲が調える薬は薬膳だ。つまり、料理である。

大陸には古くから医食同源という言葉がある。

日頃の食は健康の基礎を造るものだ。

慧玲は水を張った鍋に鶏《とり》がらを入れた。七種の生薬《しょうやく》を綿布《めんぷ》でつつみ、一緒に煮だす。

慧玲が選んだのは半夏《ハンゲ》、乾姜《カンキョウ》、桂皮《ケイヒ》、五味子《ゴミシ》、細辛《サイシン》、麻黄《マオウ》、芍薬《シャクヤク》という生薬であった。これらをあわせると小青竜湯《ショウセイリュウトウ》という、水滞に効能のある漢方薬となる。

しっかりとだしが取れたら、鶏がらと生薬は鍋から取りだす。弱火で煮つつ灰汁《あく》を取り除いたので、生薬を入れたにもかかわらず、まろやかで透きとおった毛湯《スープ》ができた。

合間で研いでおいたもち麦を炒《いた》める。もち麦には水の循環を促す効能がある。

後は土鍋で炊くだけだ。

ただの水滞による浮腫《むく》みであれば、これだけでも効果がある。だが芙香は毒疫を患っている。漢方だけで治療できるのならば、典医が匙を投げることもなかったであろう。

ここからが白澤の本領だ——

棚にあった甕《かめ》の蓋を取れば、なかには蛇がとぐろを巻いていた。酒漬けの蛇だ。慧玲は毒々しい鎖模様の蛇を取りだして、あろうことか土鍋の底に敷いた。

これはヤマカガシという毒蛇である。

この蛇は毒の蛙《かえる》を食すことで、その毒を蓄え、みずからの武器とする。つまりは毒蛇を薬に入れることは、蛇がこれまで捕食してきた何百もの蛙を薬に入れるのと同じ事だ。蛙には人体の水を滞りなく循環させる薬能がある。

また、この蛇は冬眠しているところを捕獲して、眠らせたまま酒に浸けたものだ。冬は腎が盛んに働くため、冬眠している蛇は最良の腎の薬となる。

このように《毒》をもって毒を制し《薬》に転ずるのが、白澤の叡智の神髄だった。

土鍋が煮たったら混ぜ、蓋を乗せて炊きあがるまで待つ。その間にたけのこ、えのき茸《だけ》、人参《にんじん》などの具材を下茹《したゆ》でしてから先ほどの毛湯とあわせて煮た。

白澤の書には五味というものがある。五行になぞらえて、酸は木、苦は火、甘は土、辛は金、塩は水と分類する。

病因が水毒のみであれば、水を吸収して堰《せ》きとめる土の薬を処方する。だが、芙香の病は土が水を過剰に吸収し滞らせたことで発症している。そのため、まずは土を弱めて滞っていた水を循環させる必要があった。つまりは土を抑制する木――酸で味つけをするのが最も効果的だ。

粥《かゆ》に毛湯をあわせ、薬ができあがった。

慧玲は土鍋をもって芙香の宮を再訪する。

「――調いました。どうぞ、召しあがってください」

温めなおした土鍋の蓋を取ると、湯気と一緒にまろやかな酢の香りが拡がった。

「こ、これが薬なのですか？　まるで酸辣湯《サンラータン》のような」

「いかにも酸辣湯粥《サンラータンジョウ》にてございます。私が調えますのは薬ではなく薬膳です。私は後宮の食医ですから」

酸辣湯粥には柚子《ゆず》、りんご酢、鶏、たけのこと、木の薬になる食材がふんだんに含まれている。ここに腎の働きを回復させる韮《にら》を加え、最後に熱性の調味料として辣油《ラーユ》を垂らした。水に浸かり続けることで冷え切った芙香の身を温めるためだ。

芙香の母親は緊張に震える指で匙を取り、桶《おけ》の縁に寄りかかって項垂れている芙香に差しだす。芙香は食欲などないと言わんばかりに眉を寄せたが、柚子の香に惹《ひ》かれたのか、おずおずと匙を受け入れた。

粥を啜《すす》った芙香は瞳《め》を見張る。

毒に侵されてから、芙香には絶えず渇きがあった。喉が渇くというよりは、身のうちから強くわきあがる飢渇だ。水を飲んでも、水桶に浸かっても潤うことはなかった。だが、この身が欲していたものはこれだったのだと――芙香は歓喜に身を震わせた。

「おい、しい……もっ……と」

「あなた、声が……」

芙香はみずから匙を握り、身体が欲するがままに一口、また一口と食べ進めていく。

桶に張られた水にひらりと浮かびあがるものがあった。

青い花びら――いや、鱗だ。芙香の肌から剝がれた鱗が水に綾《あや》をなす。それは、碧《あお》い睡蓮《すいれん》の散り際を想《おも》わせた。

漢方薬は飲み続けることで不調を取り除くものだが、白澤の薬は解毒薬であるため、即効である。

芙香は緩やかに身を起こして桶からあがった。

「ああ、お母様……呼吸が、できます。歩け、ます」

濡れることもいとわず、母親は芙香を抱き締め、感嘆の声をあげた。

「奇蹟《きせき》だわ！」

慧玲が袖を掲げ、低頭する。

「左様でございます。薬とは奇蹟をもたらす奇しき御力《みちから》を備えたもの。奇《く》しきものといえば、神から授かるものと想われがちです。ですが薬は神ではなく、先人が苦節の果てに創りあげた叡智の結晶にてございます」

成人を迎えたばかりの姑娘の唇から紡がれたとは思えないような、積年の重みが乗った言の葉に芙香妃の母は息をのむ。

その時だ。芙香が悲鳴をあげた。

「いやああ！　お母様……これ！」

土鍋の底に蛇の頭が沈んでいた。他の骨は取り除いたが、頭の骨だけもげて、残ってしまっていたらしい。悲鳴が二重奏になる。

食医の務めが終わったら出ていけとばかりに、慧玲は部屋から放りだされた。

骨が残っていたとは思わぬ失態だった。だが、旨《うま》い薬を食して命も助かったのに、今さら蛇が入っていたところでなんだというのか。

これが毒蛇かどうか、妃にはわかるはずもない。ただ蛇というだけで毛嫌いする。豚も、鶏も、蛇も、さして違いはないだろうに。

毒も薬もちゃんと理《ことわり》に則《のっと》っているというのに、人とは不条理なものだ。今さら嘆くでもなく、慧玲は春の風にため息を乗せた。

◇

後宮の春は麗《うら》らかだ。

特に春の宮では百花がいっせいに咲き群れて、風が渡るたびに芳香が満ちた。赤い橋が架けられた池の水鏡に映る風景は雅《みやび》やかな屛風《びょうぶ》絵を想わせる。

だが例年とは違い、今年は春を祝う声も疎《まば》らだった。後宮にも毒疫の影が差す今、それも無理からぬことだ。妃嬪《ひひん》も宦官も総じて浮かぬ顔で、花曇りの春となっていた。

慧玲は、とある妃嬪に呼び寄せられ、春の宮を訪れていた。

春の宮は水清く花歓《よろこ》ぶ雅やかな殿舎である。入り組んだ水路の随処に廻廊《かいろう》や橋が渡され、庭を眺望できる処《ところ》に水亭《すいてい》が設けられている。水亭とは憩いのために建てられた東屋《あずまや》だ。その側《そば》を通りがかったところで妃妾たちの姦《かしま》しい声が聞こえてきた。みれば位の低い妃妾たちが寄り集まり、噂話《うわさばなし》に華を咲かせていた。

「ねえ、ご存知かしら、雪梅《シュエメイ》様のこと……」

一口に妃妾といっても皇帝の情けを賜れる者ばかりではない。

現皇帝が即位してから六カ月、一度も皇帝と縁のない妃妾のほうが遥《はる》かに多かった。

そんな彼女たちの日頃の娯楽は嘘《うそ》とも真《まこと》ともつかぬ噂を紡ぐことだ。

「雪梅様といえば、華の舞姫と称《たた》えられるあの御方ですわよね」

麗雪梅《リーシュエメイ》。各宮を統轄する季妃に次ぐ権力を持つ妃嬪だ。

「なんでも毒疫を患い、臥せっておられるそうなのよ」

「まあ、だから早春の宴でも舞を披露なさらなかったのですね」

雪梅嬪《シュエメイひん》がひと度舞を演ずれば、枯れた梅枝《うめがえ》にも花が咲き綻ぶとまで語られ、宮廷で宴が催されると皇帝から舞を披露せよと直々に声が掛かるほどだった。

「でも、真実だとすれば、いい薬だわ」

妃妾が悪意のある忍び笑いを洩らす。

「彼女、気位ばかり高くって。舞が巧《うま》いだけならば芸妓《げいぎ》と一緒だとわからないのかしら」

「皇帝陛下に気にいられているからといって、いつも私たちを見くだして。ほんとうに何様なのかしら。陛下の御子を賜ったわけでもないのに」

その舞すら踊れないから、彼女らには陛下の声が掛からないわけだが、それを棚にあげてよくも悪態ばかりつけるものだ。それでいて、日頃から雪梅に媚《こ》びてまとわりついているのだから、性根が腐っている。

慧玲は陰口めいたものを好まない。

あれは質《たち》が悪い毒だ。有毒な生き物は蛇にしろ、蛙にしろ、自身には毒があるとまわりに表すものだ。或《あ》るいは華やかに毒を誇る。

もっとも、雪梅が倒れたというのは事実だった。

今朝がた、雪梅つきの女官が診察の依頼にきたのだ。

お喋《しゃべ》りに夢中になっていた妃妾たちは慧玲が水亭の前を通りすぎる時になって、あっと声をあげ、あからさまに青ざめた。

「嫌だわ。渾沌の姑娘よ……なんで、春の宮に」

「しっ、聞こえるわよ」

噂話を囁きあっている時とはまた違った悪意が滲《し》みだす。触れては障るとでもいうような。慧玲は頭をさげ、微笑《ほほえ》みかけてから水亭の側を通り抜ける。後ろで「きゃあ、呪いをかけられたわ」と悲鳴があがり、慧玲はあきれてため息をついた。

呪いなどつかえるものか。できたとしても、あんなくだらない妃妾たちを呪うなど、毒にも薬にもならないことはしない。

だが、先帝の姑娘であるかぎりは、まわりから疎まれるのも致しかたがないと割りきってもいた。先帝は剣の試し斬りといって、後宮の妃妾をならべては斬ったという。彼の咎を思えば、つぶてを投げられてもまだ手緩《てぬる》かった。

眼下に梅園が拡がる。広いこの庭には二百を越える梅の木が植えられている。

梅は綻ぶ季節を終え、新緑にかわっていた。花の季節は訪れては過ぎゆくものだ。

風が吹き抜けた。かぐわしい梅の香《か》が漂い、まだ何処《どこ》かに咲き残っている梅があるのだろうかと慧玲は視線を巡らせたが、あたりでは若葉が騒めくばかりだった。

◇

華の舞姫である麗雪梅は荒《すさ》んでいた。

梅にかこまれた殿舎の廻廊を抜け、雪梅の部屋を訪れた慧玲は、癇走《かんばし》った怒声に迎えられた。

「要らないと言っているでしょう！」

「で、ですが、雪梅様！ こちらは医官が希少な植物の根を取り寄せ、煎じた薬湯《やくとう》で」

「苦いのよ！ どうせ、効きもしないくせに！」

雪梅は喚《わめ》きながら、盆を差しだす女官の腕を払《はら》い除《の》けた。盆が傾き、急須が落ちる。割れた急須から薬湯が溢《こぼ》れだして、花びらの散らばった床を濡らす。漢方薬の臭いが梅の香と混ざり、充満した。

梅――そう、梅だ。綺麗《きれい》に整えられた部屋のあちらこちらに紅梅の花びらがこぼれていた。綻びかけたつぼみもある。先ほどの梅の香はここから漂ってきたものだろう。春分を過ぎ、後宮の梅は散っている。これらの梅は何処からきたのか。

雪梅は慧玲に視線をむけ、ため息をついた。

「……ああ、今度は、例の後宮食医なのね」

辟易《へきえき》とした雪梅の表情からは、宮廷の医官が続けざまに宮を訪問してきたことが察せられた。だが、誰一人として雪梅の患いを取り除けなかったようだ。

「小鈴《シャオリン》、喉が渇いたわ。茉莉花茶《まつりかちゃ》を淹《い》れてきて」

「承知いたしました」

小鈴と呼ばれた女官は雪梅の機嫌をこれ以上損ねないうちに部屋を後にする。

慧玲とすれ違う時に小鈴は気まずそうに頭をさげた。「雪梅様のことをお願いいたします」と頼むように。

あらためて、慧玲は椅子に腰掛けた雪梅と向き合った。

「春の宮に常咲《とこざき》の梅があり」と語られるだけあって、雪梅は妃妾たちとは比にならないほどに綺麗だ。燃えさかるような真紅の綾絹《あやぎぬ》を気後れなくまとえるのは彼女くらいのものだろう。髪は絹糸《きぬいと》を想わせ、余念なく手を掛けられているのがわかる。爪の先端までもが磨きあげられ、華やかな紅が差されていた。

病に侵された身であるにもかかわらず、だ。

「貴女《あなた》が後宮の食医ね。なんでも、奇しき病をたちどころに癒す薬を調えるとか」

「蔡慧玲にてございます」

雪梅は慧玲を睨《にら》みつけ、ふんと唇をとがらせて笑った。

「渾沌の姑娘、なんですってね。なんていとわしい。貴女のようなものがなぜ、末席とはいえ後宮にいられるのかしら」

　医官とは男だけがつける役職だが、白澤の姑娘である慧玲は特例として食医に任じられている。だが、あくまでもそれは便宜上という扱いになっており、公式な階位は末席の妃妾だ。階級を与えて後宮においているのは慧玲を監視して、いざとなればすぐに処刑するためである。

「ああ、陛下の姪《めい》だから、ご慈悲を賜ったのね。廃帝《はいてい》の姑娘などふつうは死刑だもの」

　思うところはあったが、慧玲は敢えて沈黙を貫き、微笑を崩さなかった。雪梅は異様に苛だっている。反論しても、却《かえ》って怒らせるだけだ。

　慧玲が動じないので、雪梅は毒づくのが馬鹿らしくなってきたのか、ため息を重ねた。

「おおかた、女官の誰かに依頼されたのでしょう」

　嬪である彼女には九名の上級女官がつかえている。なお、慧玲のもとに薬の依頼にきたのは先ほどの小鈴という女官だった。

「左様です。診察をさせていただいても、構いませんでしょうか？」

「診察などしてもわかるはずがないわ。時間の無駄よ。私は無駄って嫌いなの」

　雪梅は目に角を立てる。言葉の端々からは諦念がにじんでいた。

「薬が苦いと仰せでしたが……」

「なによ、私に説教でもするつもり？　苦いばかりで効きもしないのが悪いのよ。あんなものは毒と変わらないわ」

「仰るとおりです。苦いものは、毒です」

慧玲が肯定するとは思わなかったのか、雪梅が意外そうに睫《まつげ》をしばたたかせた。

「良薬は口に苦しというのは誤りです。良薬とは口に旨いもの。人の舌とは妙なもので、自身に必要な薬はかならず旨いと感じます。裏返せば、極端に苦いと感じる薬は体調や体質にあっていないものと考えられます。当然ながら飲んでも効果はありません」

床にこぼれた薬湯からは甘草《カンゾウ》の独特な香りがした。甘草は根に砂糖の百倍もの甘み成分を有する植物で、おもに薬の味を調える時につかわれる。医官は雪梅が苦みを嫌がることを懸念して、可能なかぎり飲みやすい薬湯にしていたのだろう。それでも飲めないほどに苦いということは、薬があわないばかりではなく、他に要因があるはずだ。

「薬の効能とは等しいものではありません。体質にあっていなければ、薬もまた、毒となります。だからこそ、診察は肝要です」

雪梅は気を好《よ》くしたようだ。

「まあ、いいわ。どうせ貴女にもこの病は治せぬでしょう。宮廷で最も腕のいい典医もとうに匙を投げたもの」

雪梅は襦裙《きもの》の裾を摘まみ、たくしあげた。

梅だ。しなやかに引き締まった脚からは、紅の梅が咲き群れていた。

梅の枝が人肌を突き破り、絡みついている。あらためてみれば、手指の爪を飾ってい

たのも紅梅の花だった。

「毒疫、というのでしょう」

雪梅は強張《こわば》る唇の端だけを微かに持ちあげた。死の恐怖にさらされながら、無理して

気丈に振る舞っているのがわかる。

「火の毒や水の毒といったものがあるのだとか。毒ではないはずのものが毒になって、

人を害すると聞いたわ」

「お詳しいのですね」

妃妾たちは毒疫という言葉は知っていても、いかなるものかは知らない。民にいたっ

ては鬼の祟《たた》りだと想いこみ、妖しげな祈禱《きとう》に縋《すが》る者も後を絶たないらしい。

「舞妓《ぶぎ》として参加した宮廷の宴で高官たちが話していたのよ。華やかな宴の場ではいろ

んな情報が飛びかうの。外政、経済の話題から毒疫の噂まで、話に参加できるくらいの

知識がなければ、呼ばれないわ」

慧玲は感心した。雪梅が博識なのはそのためか。

「では、まずは触診を。失礼いたします」

梅の木に侵蝕《しんしょく》されたつまさきに触れる。

硬い幹の質感だ。指の股はなくなって木瘤《きこぶ》じみた塊になっていた。つまさきからくるぶしまでは木の幹とも根ともつかないものになりかわっているが、ふくらはぎから足のつけ根までは柔らかな人肌だった。

皮膚を貫いて、花を咲かせる梅枝に触れる。紛《まご》うことなく本物の梅だ。

「痛みはございますか」

「ないわ。膝も動かせるし。ただ、つまさきが動かなくて、想うように舞えなくなったのが難だけれど」

ふくらはぎを指圧すると、なめらかな皮膚の下に木の根が張っているのがわかった。根の脈は動脈の位置と重なっている。根が動脈を通って血を吸いあげて、紅《あか》い梅を咲かせているのか。だとすれば、病の根本は全身に血を循環させる心臓か、動脈を通して細胞に栄養を分配する肝臓かのどちらかだろう。

慧玲の頭のなかで、竹簡《まきもの》がほどかれた。

白澤の叡智は書に非《あら》ず。師となる親から口承された知識を一篇《ぺん》たりとも洩《も》らすことなく、頭のなかに収める。

暗記した白澤の医書に——人の身に葉が繁《しげ》り、花が咲きみだれる——という叙述があった。木の毒によく知られている症例で、他には涙が花びらになるという患者もいた。

「御身を侵しているのは木の毒です」

雪梅がつまらなさそうに息をついた。

「ふうん、梅になっているから、木の毒？　単純ね。だったら、診察するまでもないじゃない。そのくらいなら、医書を読んだことのない私にもわかるわよ」

「左様です。毒疫とは意外にもわかりやすい表れをなすものですから」

木毒《もくどく》はおもに筋と腱《けん》、肝を害する。肝は循環を司《つかさど》り、自律神経を整える働きもある。雪梅が茉莉花茶を欲したのは茉莉花の香に昂った神経を落ちつかせる効能があるためだろう。

「ですが、木の毒といっても毒のもとをたどれば、木だけが御身を害しているわけではないのです。木の根が吸いあげた水の毒や土の毒、はたまた火の毒が絡んでいることもございます。そうなれば、木に克《か》つ金の薬のみを調えても、御身の毒疫を癒すことはできません」

先人は語った。治病求本――病を治《じ》するには必ず本《ほん》を求むと。

「ゆえに毒疫を解毒するには、毒のもとを解かねばなりません」

それもまた毒の理だ。

「そもそも、毒疫とはなんなの」

慧玲が触診していた指をとめた。意外だったからだ。

毒疫は人知の及ばぬ疫病だと恐怖し、端から理解を放棄する者ばかりで、理屈を尋ねてきた妃嬪はこれまで誰もいなかった。

患者にとっては、治るのか、治らないのかだけが重要だからだ。

「先ほど雪梅嬪が仰せになられたように、毒がないはずのもの——つまりは水、火などが毒と転じたものを地毒といいます。これが毒疫のもとです」

芙香はかびから水毒に罹患した。だが、本来ならば人体に鱗がはえるほどの強い毒がかびにあるはずもない。彼女が毒疫に感染したのは、かびが地毒に転じていたためだ。

「毒疫とは地毒の影響を受け、人の体内にある五種の要素が欠乏、あるいは過剰になることで罹《かか》る病です」

「体内にある五種の要素？　ああ、火とか、土とか、そういうもの？」

雪梅は博識だ。慧玲は喜々とする。

「左様です。例えですが……林檎《りんご》がどのように収穫されるか、雪梅嬪はご存知ですか？」

「木に実るのでしょう。士族《しぞく》でもその程度は知ってるわよ」

「仰せのとおりです。ですが林檎を実らせるまでには、まずは豊かな土が必要です。土が痩せているならば、土地を焼きはらい、土壌を肥やします。鍬《くわ》で畑を耕し、種を植えて水を与える——林檎も五種の働きがあって、実る。人もしかりです」

「あらゆるものがあって、命が育まれるということね」

「植物が育ち、実を結ぶためには水を要しますが、かといって水を与えすぎれば根から朽ちます。これは、水が過ぎて毒になったということです」

「どの要素が強すぎても、弱すぎてもだめなのね」

「なので、万事において中庸《ちゅうよう》がよいと考えられます」

中庸とは混沌《こんとん》の対義語である。総《すべ》てのものが均衡を保ち、偏りのない状態だ。

「私の一族は人体の内部にも五行の働きがあるものと考えます。腎は水の吸収と代謝を司るため、水の臓と呼ばれます。血液を循環させ、体温を維持する心臓は火の臓です。ですが水が強すぎたり、火が衰えたりして、これらの均衡が崩れたとき、臓の働きが滞り、全身を病みます」

芙香は土の要素をもった水が身のうちに滞っていたが、雪梅は逆に木が盛んになって毒している。解毒とはこの崩れた均衡を、薬によって中庸に戻すことでもある。

「人体から梅が咲くのも、ほんとうは異様なことではありません。人のなかにも木の要素がある。ですから、地毒によってそれが強くなりすぎると、このような現象をひき起こす――それが毒疫の正体です」

雪梅は頷き、「なんとなくわかったわ」と言った。

「でも変じゃない？　これまでは、毒疫なんて奇病はなかったはずよ」

「人体を含め、あらゆるものには中庸を維持しようとする働きがあります。ですが先帝の死後、国土全体でそうした働きが著しく衰え、万物が地毒に転じやすくなっているのです」

過去にも悪政、内乱の後に毒疫が蔓延した事例はある。

続けて舌の視診に移る。舌に異常はなかった。

「お食事は召しあがっておられますか」

「朝食も、その晩の夕食もちゃんと頂いたわ。甘い物だけは受けつけないのだけれど」

それを聞いた慧玲は考えこむ。

木毒で肝臓が著しく衰えると舌が荒れて味覚が麻痺《まひ》するため、それを疑ったが、まだ木毒の影響は舌には及んでいない。甘い物を受けいれないのには、別の要因があるはずだ。

診察のあいまにも雪梅の踵《かかと》でまたひとつ、つぼみが咲いた。

「このままだと、私は……死ぬのかしら」

いつだったか、慧玲は木の毒に侵され、桜になってしまった病人をみたことがあった。意識が残ったままで動くことも喋ることもできない木になるのは、死よりも惨《むご》いことだ。

慧玲の沈黙から察したのか、雪梅が唇の端を歪《ゆが》めた。

「……十月《とつき》は、持つ？」

「木の毒は遅効性です。一年から五年掛けて、緩やかに進行していきます。ですが、どうかご懸念なさらず。私が薬を調えます」

「そう。……だったら、いいわ」

雪梅は何処か虚《うつ》ろに言った。

窓から春の風が吹きこむ。眩《くら》むほどに梅が香った。

香りに誘われた蝶《ちょう》が窓から舞いこんでくる。白い揚羽蝶《あげはちょう》だ。雪梅は蝶にむかって、指を差しだした。

「蝶は好きよ。かぐわしい花に集うから」

爪を飾る梅に惹かれたのか、蝶がとまる。

「女は、香ってこそよ」

雪梅は歌でも口遊《くちずさ》むように言った。彼女ほどその言葉にふさわしい者は後宮はおろか、都中を探してもいないだろう。

「三日後、皇后陛下が宴を催されるわ」

皇后は毎季、後宮の妃嬪を集めて、春夏秋冬を愛《め》でる盛大な宴を催す。

これは現在の皇后が始めたものではなく、後宮の習わしのようなものだ。召致されるのは季妃、嬪、婕妤《しょうよ》までだ。嬪である雪梅にもすでに声が掛かっている。

「早春の宴は春の季妃様の主催だったから辞退もできたけれど、皇后陛下直々の召致とあれば参加せざるをえないわ。その時は舞も披露しなければ」

すでに雪梅が臥せっているという噂はまわっている。いっそのこと病に侵されていることを公表してはどうかと慧玲は安易に考えたが、それは舞姫として功をあげてきた彼女の位にも傷をつける。再び舞えないとなれば、降格や下賜も考えられた。

「ああ、もちろん、貴女が薬を調えられないのならば、それでも構わないわ。もとから期待などしていないもの」

雪梅の指さきから蝶が舞いあがる。

「杖《つえ》をついてでも、舞うわ。都のどんな芸妓よりもたおやかにね」

それができる、むしろやらねばならないのだという気迫が眼差しからは感じられた。

雪梅は強い女だ。日陰で毒のある噂を紡ぎ、無意味に微笑みあっているだけの妃妾たちよりも遥かに。慧玲は華の舞姫に敬意を表す。

「お約束いたします。かならず演舞までに薬を調え、毒を絶ちましょう」

雪梅は「そう」とだけ言って、柳の眉を微かに寄せた。先ほどの言葉どおりだ。希望は持たない。だが慧玲の静かな声から、これまで培ってきた信念の強さを感じてもいるのか、むげに否定することもなかった。

おおかたの診察を終え、最後に脈を取る。雪梅の手首に指をあてた慧玲は瞳を見張った。雪梅の脈には盆に珠《たま》を転がすような独特な拍があった。

これは滑脈《かつみゃく》といい、懐妊の証《あかし》だ。

妊娠すると血流が盛んになるため、勢いづき、まるみを帯びた脈になる。

ならば、味覚に異常が表れていたのも懐妊によるものか。特に妊娠初期は甘みを感じにくくなる。加えて、雪梅が薬を拒絶していたのは、強い薬を飲むと流産の危険があることを無意識に感じていたからだろう。

慧玲は「十月」と言った雪梅の言葉を想いだす。人の妊娠期間は十月十日——雪梅はあきらかに懐妊を知って、隠している。

だが、懐妊そのものは梅とも木の毒とも繋がらなかった。

毒疫を解くには毒された経緯を知り、毒の素姓を理解する必要がある。それが〈本を求む〉ということだ。

華の舞姫にはまだ明らかになっていない秘密がある。

「時に雪梅嬪は、梅とご縁はございませんでしたか」

雪梅が視線を彷徨《さまよ》わせた。玄雲《げんうん》が渦まくように瞳の底に花影《はなかげ》がよぎる。

「……梅のように麗しいと称えられたことはあるわ、飽きるほどに」

雪梅は「診察が終わったのならさがって、疲れたから」と顔を背けた。慧玲は頭をさげ、すみやかに部屋を後にする。

間違いない。第二の秘めごとこそが、舞姫を侵す毒だ。

◇

雪梅には昔から色事の噂がつきなかった。

かんばしき花には蝶がまつわる。男を捨てた宦官までもが舞姫には魅了された。

宦官とはいうまでもなく、去勢を施された官吏のことだ。雪梅は宦官たちを散々弄び、飽きては無残に捨てていたという。

もっとも、懐妊となれば、それは皇帝の御子に他ならない。

男の物がない宦官には雪梅を妊娠させることは不可能だからだ。

慧玲は雪梅の毒に繋がる手掛かりがないかと春の宮を廻《まわ》っていた。

聞きこみをすべく女官に喋りかけてみたが、幽霊にでも遭ったように悲鳴をあげて逃げだすか、祟りがあるとばかりに視線もあわせず無視するかのどちらかだった。

慧玲はあきれはしても、傷つきはしない。

昨年の秋までは確かに帝姫だったが、もとから宮のなかでたいせつに護《まも》られ、育ったわけではなかったからだ。後宮にも宮廷にも、親しい者はいない。

慧玲は廊橋《やねつきばし》にもたれて、帰り際に女官の小鈴からもらった梅枝《ばいし》という揚げ菓子を頬張る。軽やかに揚がった生地が割れて、肉桂《シナモン》の香が弾《はじ》けた。素朴だが、飽きのこない味わいだ。

懐かしい――

慧玲は幼い頃、先帝に連れられて一度だけ、都の市場に出掛けたことがある。

先帝は、もとから残虐な男だったわけではない。

先帝は素姓を隠して、都の視察をするのが好きだった。民の暮らしを実際に観《み》てはじめて民心がわかるのだと、彼は常々語っていた。

慧玲はそのとき、屋台で売られていた梅枝を食べた。民の食にも漢方で馴染《なじ》みの桂皮が肉桂としてつかわれていることを知り、民間の知恵に感服したのを覚えている。

慧玲は八歳になったばかりだったが、髪には霜が降ったように白銀がまざり始めていた。先帝は「勉強熱心だな」といたわるように頭を撫《な》で、微笑みかけてくれた。

智慧《ちえ》の伝授は五歳から始まる。銀髪は白澤の証だが、産まれついた時から白銀であるわけではない。二千年にわたって培われてきた知識を継承するうちに髪から色素が抜けていく。白澤の一族が経てきた時が髪に映るように。

智慧を受け継ぐまでに三十年掛かる者もいれば、十五年で修得する者もいる。それを八年で修めた慧玲は天才だった。齢《よわい》十二にして白澤の書を会得した慧玲は、皇帝のため、民のために医の知識をつかいたいと、幼心に想っていた。

それが、どうして、こんなことになってしまったのか。

慧玲は唇をかみ締める。だが、哀しんではいられない。先帝は壊れ、民を毒した。全ては終わったことだ。慧玲は白澤の末裔《まつえい》として、なすべきをなすだけだ。

廊橋から梅園を眺めているうちにふと、想いだしたことがあった。

ふた月ほど前だったか、梅にまつわる噂を聞いた。

この梅園で喉を貫いて自害した宦官がいたとか。

彼は雪梅に懸想していた。雪梅もまんざらではなかったのか、逢瀬《おうせ》を重ねていたそうだが、突如雪梅から縁を絶った。弄ばれたことを嘆いた彼は梅の根かたで自害した。

宦官の死は、雪梅を侵す毒と繋がりがあるのではないだろうか。

慧玲は廊橋を渡り、階段をつかって庭に降る。

宦官が命を絶ったのは後宮に二つしかない八重の枝垂れ梅の、どちらかだという噂があった。だが、八重白梅という者もいれば、八重紅梅と噂する者もいる。散ってしまえば、紅梅も白梅も変わりはなく、八重かどうかも見分けがつかない。

考えこむ慧玲の視界を蝶が横ぎっていった。

魄蝶《はくちょう》だ。雪梅の部屋にも迷いこんできていた。

雪梅には教えていなかったが、あれは毒の蝶だ。幼い子どもなどが誤って舐《な》めでもしないかぎり、毒に侵されることはないが、それなりに強い神経毒がある。

もうひとつ、魄蝶にはある特徴があった。

慧玲は蝶を追いかけ、赤い反橋《そりばし》のたもとにある梅にたどりついた。

特に変哲のない梅だったが、根かたには白い蝶が群れていた。梅が散ってから久しく、残り香に誘われたはずもない。慧玲は袖を振って、群がる蝶を払いのけた。

蝶に埋もれるようにして、黄金の簪《かんざし》が落ちていた。血の錆《さび》がついている。

魄蝶は血の香を好む。戦場や刑場で舞うことから死者の魂を運ぶ死蝶《しちょう》とも称された。

そうか。例の宦官が命を絶ったのはこの梅なのか。

慧玲は簪を懐にしまった。

血潮は人の体内にあるうちは火の元素だが、流れでた後は金の元素に転ずる。血潮の金毒《ごんどく》に毒された患者は衰弱する。雪梅は最後に、疲れたと言っていた。解毒を急がなければ流産の危険がある。かといって強い薬を服させても、胎《はら》の御子に障りかねなかった。

慧玲が知るなかにひとつ、雪梅に最適な薬がある。

水銀蜂《スイギンバチ》が集めた水樒《ミズシキミ》の蜂蜜だ。

陛下からは調薬に要るものがあれば申請せよと言われているが、検問をとおるとは思えない。なぜならば、水銀蜂も水樒も猛毒だからだ。特に水樒の花は強い毒性があるため、都に持ちこむだけでも罪に問われる。

窮する慧玲のもとに上級女官がやってきた。

「蔡慧玲、皇后陛下がお呼びである」

慧玲は絶句した。後宮の最高位にあたる皇帝の正室が慧玲にいかなる用事があるというのか。

慧玲は皇后の御座《おわ》す貴宮《たかみや》に向かった。

◇

後宮は風水に護られている。

風水とは地理学に基づいて地相を読み解き、建造物などを最適な地に導く学術である。

帝都は背山臨水《はいざんりんすい》に蔵風聚水《ぞうふうじゆすい》という、風水において繁栄を約束された土地に築かれた。

さらに後宮内部は四地思想を取り入れて造られている。水清く花咲《わら》う春の宮は東に、黄金で飾りたてられた秋の宮は西に、水上に建てられた夏の宮は南に、都を一望できる高殿を有する冬の宮は北に建てられた。陰と陽が滞りなく循環することで、宮に暮らす者が心身ともに健全でいられるという風水の結界だ。

四季の宮にかこまれた貴宮は、風水の力が最も強い浄域《じょういき》である。皇后はここに住まう。各宮に架けられた橋から貴宮に渡ることができるが、橋には衛官《えいかん》がおり、季妃であろうと皇后の許しもなく足を踏み入れることはできない。

皇后自身も宴を除けば、季節の宮を訪問することはなく、慧玲は一度も皇后に会ったことはなかった。

慧玲が橋を渡っていると、桜吹雪にまぎれて紅葉の錦、続けて紫陽花《あじさい》の青が瞳に飛びこんできた。貴宮では春から秋にかけての花々が絶えることなく咲き続ける。一幅《いっぷく》の絵のような佳景《かけい》に慧玲は感嘆の息を洩らす。同時に風水の力をあらためて思い知った。年中花が咲き続けているということは、尋常ではないほどの命の息吹がこの地にそそぎこまれているという証だ。

貴宮の敷地《しきち》についた慧玲は女官に迎えられ、玻璃《ガラス》張りの宮殿へと通された。

この殿舎は水晶宮《すいしょうきゅう》と称される。透きとおった壁は玻璃で造られており、東西南北に拡がる万季の庭が一望できた。天井には万華鏡を想わせる彩色玻璃《ステンドグラス》が鏤《ちりば》められ、真昼の日差しが虹の結晶となり降りそそいでいた。

後宮の頂に君臨するのはいかなる華なのか。

慧玲が跪いて待っていると、車輪の音が響いてきた。

「あらあら、どうか、そんなに畏まらないで」

促されるように視線をあげれば、天仙《てんせん》を想わせる女が光のなかで微笑んでいた。

欣華《シンファ》皇后——御子もいない身でありながら、皇帝の寵愛を一身に享《う》ける女人《にょにん》だ。後宮の華々にかこまれる陛下を魅了し続けるとは、どれほど妖艶な皇后なのかと慧玲も想像はしていたが、意外だった。

紅も乗せず、着飾らず。今朝がた摘んだ芍薬や月季花《ばら》を金の髪に挿している。遠い異境から嫁いできたそうだが、天から降りてきたといわれたほうがまだ頷けた。今にも翼を拡げて舞いあがりそうな彼女を現実に留《とど》めているのが、大きな車輪のついた車椅子だ。

皇后は幼少から下肢が動かず、女官たちの補助がなければ身のまわりのこともできない。懐妊も望めないだろうと宮廷医からは宣告されたという。

「まあ、貴女が慧玲なのね……そう、ふふ、よかった」

慧玲は皇后の真意を理解できず、瞬《まばた》きをする。

「角《つの》のひとつくらいあるような噂ばかりを聞かされていたものだから、とても緊張していたのよ。でも、安堵《あんど》したわ。こんなにも可愛《かわい》らしい姑娘さんだったのねぇ」

皇后は扇子を広げ、鈴の転がるような微笑をこぼす。

「恐縮でございます。皇后陛下」

「貴女を呼び寄せたのは他でもないのよ。まもなく春季《しゅんき》の宴があるのは知っていて？」

雪梅が招かれたと言っていた皇后主催の宴のことだ。

「その時に振る舞う宴の膳を、食医である貴女に任せたいの」

予想だにしていなかった依頼に慧玲は戸惑った。

「毒疫の禍に見舞われてからというもの、聞こえてくるのは暗い報《しら》せばかり。東部では水が毒されて作物が根ごと朽ちたとか。西部では毒に侵された家畜が人を襲いはじめたとか。都でも毒疫がいつ蔓延するかと民は憂慮しているわ。春だというのに、後宮の華たちもすっかりしおれてしまって」

皇后は傷ましげに瞳をふせる。睫の先端に光の結晶が乗り、微かに瞬いた。

「民の憂いは陛下が取りはらわれるでしょう。妾《わたし》はせめて後宮の華がしぼむことのないよう、宴で薬膳を振る舞いたいのよ。薬膳は心身の調和を調え、未病をも治すというわ。お願いできるかしら」

慧玲は喜んでいいのか、計りかねて途方に暮れる。非礼にあたることは承知で、黙してはいられなかった。

「畏れながら、申しあげます。私は大罪人の姑娘にてございます。そのような大役を賜れる身分ではございません。どうか、薬膳は宮廷の食医に――」

「けれど、貴女は白澤の叡智を継いだ特別な食医だわ。違うかしら」

「それは……ですが」

言葉を濁す。毒疫に侵された患者は藁《わら》にでも縋るような思いで慧玲に薬を依頼してくるが、ほかの妃嬪たちはそうではない。

「毒でも盛られるのではないかと怖がらせてしまいます」

「あら、毒を入れるの？」

慧玲は一瞬、言葉をつまらせてから、声をしぼりだす。

「造るのは薬です」

「だったら、なにひとつの懸念もないわね」

皇后が屈託なく微笑む。後光が差すほどの、慈愛の笑みだった。

なぜ、皇帝が彼女を寵愛するのか。慧玲にも今、理解できた。

皇后とは民の母でなければならない。すべてを抱き締め、等しく慈しむだけの雅量《がりょう》が欣華皇后には備わっている。

「貴女の御父君《おちちぎみ》は確かに、渾沌の化生という異称に違わぬ悪事をなしたわ。罪もない者たちを続々と処刑し、宮廷を血の海にした。些細《ささい》な失態で族誅《ぞくちゅう》された者もあわせれば、先帝に虐殺された者はゆうに千を超えるとか。でも姑娘である貴女は、そんな御父君の罪を一身にかぶり、懸命に償おうとしている……なんて、いじらしいのでしょうか」

皇后は涙ぐみ、瞳を潤ませた。

「たいしたことはできないけれど、せめてあなたの技量に値する職分を与えてあげたいと思っているの。務めてくれるかしら」

「ご慈悲に、謹んで御礼《おんれい》申しあげます。かならずや、最高の薬膳を調えましょう」

皇后が嬉《うれ》しそうに声を弾ませる。

「ふふっ、宴が楽しみね」

宴ともなれば大陸の各地から、多様なる食材や生薬が集められるはず。ならば、雪梅の木の毒を解毒するための素材もあるかもしれない。

それにしても、償い――か。慧玲は微かに唇をかむ。先帝の遺《のこ》した毒を絶つ、というのが償いにあたるならば、そうだ。

だが、慧玲の望みはそれだけでは、なかった。

◇

黄昏《たそがれ》がせまっていた。

茜《あかね》を経て、空の端から紫紺に陰りだす。廻廊の軒に提げられた吊灯籠《つりどうろう》に火が燈《とも》される。だが、幾百の灯を燈しても宵の帳《とばり》を遠ざけることはできない。

影とは照らされるほどに暗くなるもの。華やかな後宮こそ不穏な噂は絶えなかった。

「毒疫の禍も絶えぬというのに、皇帝陛下は毎晩、後宮に御渡りになっているとか」

「不惑《ふわく》(四十歳)を過ぎてもまだ御子がおられず、ご不安なのだろう」

司灯《しとう》に属する宦官たちが喋っている。後宮で噂の風を吹かせているのは女だけとはかぎらない。

「毎晩渡って、ただの一度も懐妊させられないなんてことがあるのか」

「おひとりだけ、嫡嗣《ちゃくし》がおられたはずだ。だが五年も前に行方知れずになったとか」

貴宮から春の宮に戻ってきた慧玲は、廻廊の角から聞こえてきた宦官たちの会話に眉を寄せる。噂とはいえ、不敬が過ぎる。聞こえていなかった振りをしてすれ違おうとしたが――

「貴様！　話を盗み聞きしていたな」

宦官が顔色を変え、言いがかりをつけてきた。

「なんのことでしょうか」

「馬鹿にしているのか、罪人の分際で！」

声を荒げた宦官に突きとばされる。運悪く、後ろには階段があった。落ちる、と慧玲が身を強張らせたとき、誰かに腕をつかまれ、助けられる。

「ふうん、剋の後宮では宦官が妃妾を突き落とすのか」

秀麗な風貌の男が慧玲を抱きとめていた。

丁年《ていねん》（二十歳）を過ぎた若者だ。艶のある黒絹で織られた服をまとっている。みるからに宦官ではなかった。

「それは妃妾ではございません。そもそも後宮の者ならば、渾沌の姑娘を助けようとは考えない。

宦官が忌々しげに告げたが、青年は柳眉《りゅうび》をあげた。

「へえ、無抵抗な姑娘に暴力を振るうことは卑しくないと？」

「……貴様！　名乗りもせず、偉そうに！」

別の宦官が逆上して悪態をついた。

「ただの風水師だよ。左丞相《さじょうしょう》の命で後宮の風水を視察にきた」

左丞相といえば皇帝の補佐官だ。官職の最高位である。宦官は一様に絶句し青ざめた。

「貴方《あなた》がたの皇帝陛下にたいする不敬な言動は目に余るな。低劣な宦官を働かせていては後宮の衛《まもり》にも綻びができかねない。左丞相に報告したいところだが」

「ど、どうかお見逃しください」

宦官たちは縮こまり、跪いて額をつける。宦官は後宮を解雇されてはいくあてもなく、ほかにつける職もない。男は唇にだけ薄い微笑を湛《たた》えながら、黒曜石を想わせる双眸《そうぼう》で宦官たちを睨みつけた。

「二度はないと思え」

宦官たちは這《ほ》う這うの体《てい》で我先にと逃げていった。慧玲は男に抱かれたままだったことに気がつき、おずおずと声をあげる。

「……あの」

「ああ、後宮の女にみだりに触れては怒られてしまうね」

男が身を離した。

華も恥じてうつむくほどの美青年だ。雪花《せっか》石膏《せっこう》を彫りあげたような鼻筋にほどよくとがった顎。時々紫がかる眸《ひとみ》は一重の瞼《まぶた》に縁どられ、涼やかだが、底が知れない。腰に掛かるほどに伸ばした髪を紫の紐《ひも》で結わえ、背に垂らしていた。

「助けていただいて、ありがとうございます。ですが今後は、私のことは捨ておかれたほうが賢明かと」

慧玲は丁重に頭をさげて、微笑みかけた。男は意外そうに表情を崩す。

「迷惑だったかな。この階段は、ざっとみても二十段はある。落ちた先には石畳が敷かれているから、貴女は運がよければ骨折。最悪、即死だったろうけれど」

「どうか誤解なさらず。ご厚恩には感謝いたしております。それゆえに申しあげるのです。あなたは宮廷にお越しになられたばかりのようですから」

左丞相はかねてから現帝の党派に属していた。先帝の姑娘である慧玲を疎んじており、皇帝が彼女の処刑を取りさげた時も最後まで反対していた人物だった。

「へえ、それは……貴女が先帝の姑娘だからか？」

「左様です。私は疎まれものですから」

卑下するでもなく、哀れみを誘うように嘆くでもない。いっそ晴れやかに彼女は言いきった。

自慢にもならないことだが、事実なのだから気後れもしない。

「先帝の帝姫は処刑されたと報じられていたが、後宮のなかに隠れているとはね」

「まあ、私は処刑されたことになっているのですね」

慧玲はとんでもない事実を知って、瞳を見ひらいた。

後宮は世俗から孤絶された華の箱庭だ。後宮では周知の事実であっても、秘するべきことが外部には洩れることはない。先帝の姑娘は死刑に処したと民には報せ、禍根を絶ったのだろう。

「哀しまないのか」

「なにゆえ、哀しむことがありましょうか」

死者として扱われていようと、この身があるかぎりはなすべきことをなすだけだ。今さらそんなことで哀しまなければならない理由が理解できず、瞬きを繰りかえしていると、彼は相好を崩した。

「変わっているね、貴女は」

「そうでしょうか」

「ずいぶんと強《したた》かだ。ありふれた喩《たと》えだが、貴女は柳みたいだ」

吹きつける嵐に葉をさらし、凍《い》てつく雪に枝をしならせても、決して折れることのない柳。みずからの境遇に嘆かず、憤らず、黙って根を張り、葉を繁らせる。

「僕は鴆《ヂェン》だ。きっと、またすぐに逢《あ》うことになるよ」

柳の枝にたわむれるように鴆はすれ違っていった。

袖振り合うほどの縁だ。

それなのに、肋骨の間から風が吹きこんだように慧玲の胸は騒いだ。彼に触れられた肌が痺《しび》れるような熱を帯びている。毒にでも触れたかのように。

(また逢うことになる、か)

縁《えにし》とは奇しきものだ。

人のめぐり逢《あ》わせは時に宿命をも動かす。

それが福となるか、さらなる禍に転ずるかはわからずとも。

◇

庖厨の朝は慌ただしい。

日も昇らないうちから朝餉《あさげ》の支度が始まる。後宮に暮らす約五百人分の食事を一カ所で担っているのだから、大変さがわかるというものだ。

庖厨では尚食局《しょうしょくきょく》に属する約五十人の女官たちが働いている。朝餉の時刻を終えてひと段落つく頃に食材を積んだ荷馬車が続々と庖厨についた。皇后が催す春季の宴にあわせて、各地から取り寄せられた食材が庖厨に運びこまれていく。

慧玲は食材を確認するため、庖厨を訪れていた。

慧玲が宴の食膳を監修することは伝達されていたはずだが、女官たちは徹底して慧玲を無視した。歓迎されないことはわかりきっている。慧玲は丁重に挨拶をしてから、女官たちの邪魔にならないように食材を検《あらた》めた。

熟れた果実や茸《きのこ》、野菜、乾燥させたあわびやほたて、新鮮な海老《えび》などの魚介類からうずらなどの肉類まで、妃嬪でもめったに食べられない貴重な食材ばかりがならぶ。

うずらはみるからに身が締まり、肉はあざやかな赤みを帯びていた。血抜き処理のされていない良質なうずらだ。鶏などを締める時はまず頭を落とすものだが、窒息させて処理すると血潮が身になじみ、旨みが強くなる。乾《ほ》しあわびはどうだろうか。慧玲はすかさず、裏を確認する。ざらつきがなく、なめらかなものは良質の証だ。

先帝は白澤の女を娶《めと》り、後宮に軟禁していたと語られているが、それは先帝が壊れてからのことだ。先帝は妻に宮入りを強いることはなかった。加えて母は宮廷食医でもなかったため、皇后となってからも慧玲を連れ、旅を続けていた。宮廷に還《かえ》ることはあっても、東で疫病あり、西で急患ありと聞きつければ、馬を駆って患者のもとに赴いた。慧玲も母親と行動をともにすることで、白澤の医たるはいかなるものかを実地で教わった。そのなかで調薬にもちいる希少な食材を口にする機会もあった。

食材のほかに貴重な生薬などもそろっていたが、雪梅の薬に適したものはない。必要なものを振り分けていると宦官が青磁の大甕《おおがめ》を運んできた。強い薫香が鼻に触れる。

「あの、それはいったい、なんでしょうか」

慧玲に声を掛けられた宦官が答えた。

「八角《ハッカク》の蜜酒だ。春季の宴で振る舞うために大陸の南部から取り寄せたとか。貴重なものだ。盗み飲みなどはせぬように――」

慧玲はすでに宦官の言葉を聞いていなかった。木の匙を取り、舌に乗せ、飲みこむ。

宦官が慌てる。

「あっ、ああ、なんてことを！」

燃えるような甘露《かんろ》だ。頬が蕩《とろ》けるほどに甘いのに、後には妙な苦味が残る。香りだけならば、八角とは大きな違いはない。だがこれは、八角では、ない――

慧玲は慄然とした。

すぐにでも誰かに知らせなければ。いや、逆だ。何者にも知られては、ならない。

無意識に慧玲の唇の端が緩く、持ちあがる。

これは――猛毒だ。

◇

「もう一度言ってみなさいよ！」

雪梅が怒りの声をあげた。

「春季の宴席にて雪梅嬪の薬を調えたいと思い、ご承諾を……」

言い終えぬうちに茶杯を投げつけられた。

「宴までに薬を調えると言ったはずよ」

慧玲は茶を被《かぶ》って濡れそぼちながらも、怯《ひる》むことなく続けた。

「それはお約束いたしておりません。演舞までに薬を調える、とは申しあげましたが」

「詭弁《きべん》だわ。食事までに私の舞を披露せよと言われたら、どうするつもりなのよ」

「雪梅嬪の舞は宴の余興とされるようなものではありません。かならず、宴の最後を飾ることになります。それは雪梅嬪が誰よりもご存知のはず」

雪梅はふんと唇をとがらせた。

「……いいわ。もとから薬などなくとも、舞うつもりだもの」

雪梅を侵す梅はいっそう華やかに咲き群れていた。

一昨日までは両手の爪を飾るだけだった梅は、すでに左腕を侵蝕している。まだかろうじて梅に侵されていない右側の指には硬いたこがあった。宴まであと二日にせまっている。朝な夕な杖を握り締めて舞の練習をしているせいだと、慧玲には容易に想像がついた。

いかに気丈な女《ひと》とは言え、日ごとに侵蝕してくる梅をみていて、不安にならないはずがない。だからこそ、彼女は茶杯を投げつけるほどに怒ったのだ。

「それではこういたしましょう。薬が調えられず、雪梅嬪のお顔に泥を塗るようなことがあれば、その時は」

慧玲は胸を張って、誓いを述べた。

「この命を差しあげましょう」

雪梅は頰でも張られたように息をつまらせて、瞳を歪めた。取り残され、傷ついた幼子《おさなご》のような哀しい絶望だ。気位の高い雪梅とは思えない狼狽《うろた》えようだった。

「命なんて――」

彼女は言いかけた言葉を飲みくだして、いびつに嗤《わら》った。

「……ふふ、馬鹿みたい。そんなもの賭けられないくせに」

瞳は暗かった。これまでの癇癪《かんしゃく》とは違う静かな怒りだ。

「患者は医師に命を委ねます。ならば、医師もまた患者に命を賭けてしかるべきです」

受け持った患者全てを解毒する――

それが死刑を免ずるかわりに皇帝から慧玲に課せられた制約だ。雪梅を助けられなければ、慧玲は毒とみなされ、死刑に処されることになる。だが、制約がなくとも、慧玲は命を賭《と》しただろう。

それが師であり、最愛の母親から受け継いだ白澤の信条だからだ。

慧玲の言葉からただならぬ気迫を感じたのか、雪梅は戸惑いを覗かせる。

「……言葉ばかりが巧みなのね」

「ご安心を。私は、嘘をつきません」

真実を黙っていることはあっても。

「嘘は毒ですから」

毒、と微かに唇が動き、雪梅は項垂れるように視線を落とす。足許《あしもと》で咲き続ける紅梅をみて、なにを想ったのか。

「……お好きになさって」

雪梅の言葉とともに風が舞いこんで、哀しげに梅が香った。

◇

風水は万象を動かす——これは昔から語られる言葉だ。

剋では実際に風水師の智慧が戦の勝敗を分けたり、噴火を制したという記録が残されている。もっとも神官の卜占《ぼくせん》や神託とは違い、風水は学問に属す。政の改革や戦争などの国の大事に利用する。よって風水師は宮廷でも珍重され、最高位では尚書《しょうしょ》、または弁官《べんかん》と称される六部《りくぶ》の長官に匹敵する権限があった。

季節の宴を催す会場もまた、風水師がその年ごとの気候などを読み、適した場所を定めることになっている。風水は薬の効能にも影響するため、慧玲は調薬にさきがけて会場の確認に向かっていた。

現地では、大水路に張りだす宴の舞台が建設されたばかりだった。

水路の岸縁では雅やかな糸桜が風にそよいでいる。水鏡に綾なす枝垂の花は風流で、春季の宴を開催するにふさわしい会場だ。

舞台のまわりには妃妾たちがいた。離れたところから舞台を仰ぎ、嬉しそうに囁きあっている。てっきり宴が待ち遠しいのかと思ったが、そうではないようだ。

「風水師様、はやく舞台から降りてこられないかしら。もう一度御目《おめ》に掛かりたいわ」

「端麗なだけではなく、敏腕の風水師なんですって。なんでも水難が続いていた土地に霊殿を建てて、禍を制したとか」

妃妾はそろって、頬を紅潮させている。

後宮は宦官を除けば男子禁制なので、宮廷の官吏が訪れるというだけでも沸きたつ。

舞台は宴を催す正午から午後二時にかけて、最も日差しが差す処に建てられていた。加えて風だ。南から北に抜ける春風の通り道にも重なるようになっていた。日と風。どちらも冬の寒さで衰えた心身にかかせないものだ。

素晴らしい手腕だった。

しかし完璧な設計にわずかだが、違和を感じるところがあった。

慧玲は舞台を支えている柱を確かめる。柱は全部で九本。九は縁起のよい数だ。嬪が定員九名なのもこの験担ぎからきている。

順番に木目を確かめていき、慧玲は違和感のもとにたどりついた。

ひとつだけ、逆木《さかぎ》に組まれている——

木材に現れる模様にはかならず流れがある。材木になっても木の息吹は、この脈にそって流動する。根があった方を天にむけて柱を建てると木毒を帯びて、その家に暮らす者の健康にも害を及ぼす。

優れた風水師ならば、気づかないはずはない。おそらくは大工の落ち度だろう。知らせておかなければ。とはいえ、素人の小娘が余計なことを言っては、風水師に反感をもたれかねない。どうするべきかと考えていると妃妾たちの喧々《けんけん》たる声があがった。

件《くだん》の風水師が舞台から降りてきた。

「やあ、僕の予想どおり、また逢ったね」

「鴆様だったのですか」

慧玲が思わず声をあげれば、鴆はからかうように笑った。

「僕が宴の地読みをしているのがそんなに意外だったかな。左丞相の命と言っただろう？　それとも宦官を追い払うためのはったりだと疑っていたとか？」

「いえ、後宮入りを許されている段階で熟達の風水師であろうと……ですが、よもや春季の宴の風水を受け持っておられるとは思いませんでした。風水師にとって宴ほどに責の重い任はございませんもの」

「祝いは呪いに転ずる――か」

昔からの訓戒《くんかい》だ。事実、祝祭は皇帝の暗殺や奇襲の絶好の機会になりかねない。

慧玲はまわりの者に聞かれぬよう、声を落とした。

「お知らせしておきたいことがございます。舞台の下部、最北東に建てられた柱が逆木に組まれていると見受けました。後ほどご確認いただけますか？」

不意をつかれたように鴆が沈黙した。

出過ぎたことをして気分を害させただろうかという慧玲の懸念をよそに、鴆は愉快そうに瞳を歪めた。眼睛《がんせい》の底にぶわりと不穏な紫がにじむ。水鏡にひと雫《しずく》の毒を落とすような変わり様だ。

「敏《さと》いね、貴女は」

鴆はすれ違いざまに身をかがめて、囁きかけてきた。

「けれども、敏さは時にその身を滅ぼすよ。緩やかにまわる毒みたいにね」

慧玲が息をのんで振りかえる。

瞬時に理解する。

彼は故意に逆木を組み入れたのだ。

だが解《げ》せない。表沙汰になれば、確実に風水師としての功績に瑕《きず》がつく。重刑に処される危険をともなってまで、なぜこのようなことをするのか。

「あなたはいったい――」

「知らないほうがいいよ」

鴆は慧玲の喉もとに人差し指を添える。

慧玲は一瞬で総毛だった。毒蛇の牙が喉に喰《く》いこんでいるような恐怖を感じ、身が竦《すく》む。

「僕からもひとつ、貴女に報せておきたいことがあってね」

鴆は横薙《な》ぎに指を動かす。花の頚を落とすように。

「貴女の死を望む者がいる――殺せるものならば、今すぐに殺したいとね」

慧玲は日頃から疎まれ、敵意をむけられ続けている。だがそれは、渾沌の姑娘にたいする恐怖を孕《はら》んだものだ。殺意にはほど遠い。

「また、逢えたらいいね」

微笑を残して鴆は遠ざかっていった。

緊縛をほどかれたように力が抜けて、よろめく。

慧玲の頭によぎった言葉はひとつだ。

悔しい――唇の端をひき結ぶ。このくらいで身が竦むなんて、と。

殺意など幼い頃から飽きるほどにむけられてきた。

皇帝の嫡子は絶えず暗殺の危険にさらされる。姫であっても例外ではなく、宮廷で毒を盛られたり、旅先で襲撃された経験もある。だから、今さら殺意をむけられたくらいでは心は乱れなかった。

死は、恐れない。だが、毒には死を凌《しの》ぐ恐ろしさがある。彼女が鴆から感じたのがまさにそれだ。慧玲の本能があの男は危険だと報せていた。

風水の均衡をわざと崩して、鴆はなにを企《たくら》んでいるのか。

逆木は木の毒をもたらす。だがそれは、逆木で組まれた家に暮らし続けた場合で、宴に一度だけつかうくらいならば、大きな害はないだろう。懸念があるとすれば、もとから木毒に侵されている雪梅か。

同じ五行の働きが重なることで、薬ならば効能が高まり、毒ならばさらに強い毒となる。

そこまで考えたところで慧玲が息をのむ。そうだった。

宴にはすでに毒が差しむけられているのだ。

八角の蜜酒に見せかけられたあれは八角ではなく、水樒の蜂蜜を八年掛けて醸したものだった。水樒の香は八角に似ている。それもそのはず、八角の実がなる木は唐樒《トウシキミ》といい水樒と同じ松房科《マツブサ》の植物だ。しかし水樒は葉から根、八角そっくりな種子に至るまでが猛毒で、特に花蜜には強い毒性がある。

この花から採蜜できるのは水銀蜂という有毒種だけだ。

もっとも、水榕の毒は即死毒ではない。

おもな中毒症状は呼吸困難、眩暈《めまい》、全身の麻痺、悪心《おしん》、低体温でこれらは摂取後すぐに表れるが、呼吸不全で死に至るまでには七日ほどかかるため、死亡までに解毒することが可能だ。

だが水榕は水と木の二種の毒をもつ。逆木の柱によって木の毒が強まった宴で飲めば、全員がその場で命を落とすだろう。

そうなれば、疑われるのは宴の食を監修した慧玲だ。

皇后や嬪を暗殺したとなれば、極刑に処されるだろう。

蜜酒の毒に気づいたとき、首謀者は皇后と妃嬪を暗殺して慧玲に罪を被せようとしているのだろうかと思った。だが、そうではない。逆だ――鴆の忠告で確信した。敵は慧玲を死刑に処すため、皇后と妃嬪を巻き添えにするつもりなのだ。

そこまで推測して、慧玲は思わず唇を綻ばせた。

今から彼女がなそうとしている事と、なにが違うだろうか。

慧玲は毒を告発するつもりはない。それどころか、毒であることを隠して、皇后と妃嬪にあの蜂蜜酒を飲ませようとしている。

誰かに知られて、取りあげられるわけにはいかない。

だって、あの毒は――雪梅を救うことのできる、ただひとつの薬なのだから。

◇

後宮の夕餉《ゆうげ》が終わる時間帯にあわせて、慧玲は宴の下拵《したごしら》えを始めるため、庖厨に向かった。慧玲が皇后から頼まれたのは宴の監修で、実際に調理するのは後宮の食を司る尚食局の女官になる、はずだったのだが――女官は一人残らず、帰ってしまっていた。かわりに夕餉の片づけ物が積みあげられている。約五百人分の洗い物だ。嫌がらせにしては幼稚すぎるが、片づけてからでないと調理は始められそうにもない。庖厨を借りられるだけでもよかったと思うべきか。結局片づけだけで日を跨《また》いでしまった。

時は過ぎ、鶏鳴（午前一時）――仕事はここからだ。喝を入れるために自身の頬をはたいた。母親といた頃は三日三晩、眠りも食べもせずに患者を診ていたこともある。

まずはうずらを捌《さば》く。綺麗になったうずらの腹に高麗人参《コウライニンジン》、乾燥させた竜眼《リュウガン》の実、大蒜《タイサン》と大棗《タイソウ》、胡椒《コショウ》に草果《ソウカ》、烏梅《ウバイ》など十種を超える漢方の生薬を詰めこんだ。砂漠を渡って届けられた胡椒の実は非常に希少な物だ。こんな時でなければ、後宮の食卓にもそうそうあがらない。

大鍋いっぱいに湯を沸かして、下処理の終わったうずらをまるごと入れ、煮る。だしを取るだけでも一刻は掛かる。その間に海老の下処理をする。殻を剝《む》き、背わたを取りのぞいてから、紹興酒に漬けこむ。

続けて薬碾《やくてん》を取りだす。これは漢方の生薬を挽《ひ》き砕くためのすり鉢だ。植物の種子や根を放りこみ、挽き砕いては篩《ふるい》にかけ、細かくしていった。希少な生薬ばかりだが、苦味が強すぎるので香りづけにつかう。

まずは木の毒の巡りを遅らせる薬が必要だ。

毒の吸収を緩やかにする韮、大蒜《にんにく》。水銀蜂の毒で損傷した細胞を修復させる柚子は、かならず取り入れる必要がある。

致死毒を飲ませるのだ。慎重を期さねば。

だが薬を強くしすぎて、せっかくの毒を分解してしまっても、雪梅の薬にはならない。

妃嬪たちが毒疫に侵されぬよう、薬膳を調えるべし、という皇后の命もおざなりにはできない。冬が終わったばかりの春の時期は、肝臓が衰えて免疫がさがり、気分が憂うつになる。白澤の医書においてこれを気滞《きたい》という。俗に五月病という症状だ。

こうした不調を改善するのも食医の役割だ。

後宮の膳は米、豆、芋、鶏卵など土に属する食物がほとんどだ。芙香が毒疫に侵されたのは脱ぎ散らかした絹に水の毒が溜まったせいだが、日頃から摂取していた土の食物が水を溜めこみやすくしたというのもあった。

気滞の病証が表れた患者に必要なのは柑橘類《かんきつるい》の酸だ。

ひと品ずつ効能を考え、提供する順番を組みあげていく。

思料《しりょう》しながら、慧玲は動き続けていた。

杏《あんず》の種子を割って、なかにある仁《さね》を取りだしては砕く。鍋が沸きはじめれば鍋に茸を入れる。煮えるまでの間に生薬を挽いて、竈《かまど》に薪を投げこんでは火の強さを整え、煮えた茸を笊《ざる》にあげた。

いつだったか、慧玲が調薬するところをみていた者がこう言った。

剣舞でも踊っているのかと想った、と。

抜身《ぬきみ》の剣を扱うような緊張感と流れるような動きを称える言葉だったが、慧玲は別の捉えかたをした。

(調薬とは闘いだ)

彼女が扱っているものは毒だ。剣とおなじく、人命を奪うものだ。

ひとつまみの塩を振るだけでも、彼女は指の先端まで神経を張り巡らせる。わずかに塩がすぎるだけでも食材が毒になってしまう。

敗《ま》けることは許されない。

賭けているのは、慧玲自身の命だけではないのだから。

◇

東南の空が明るみ、庖厨の裏庭で飼われている鶏が騒ぎだす頃、尚食女官たちが朝餉を調えるため、ぞろぞろと庖厨にやってきた。

なかにいた慧玲が木戸の音に振りかえる。

「皆さま、おはようございます」

調理場には昨晩の洗い物はなく、掃除が終わったばかりのようだ。あれだけの片づけ物をしていたら調理まで手がまわるはずもないと、せせら笑いながら視線を移した女官たちが呆然となる。満ちた鍋がいくつもならべられていた。山積みだった食材も大幅に減っている。

「庖厨をつかわせていただき、ありがとうございました。私はこれで失礼いたします」

彼女は前掛を外して、いっそ晴れやかに退室していった。

残された女官たちは鍋に群がり、どよめいた。

「嘘でしょ！　これだけの料理をたった一晩で……？」

「ましてや洗い物も全部終わってるなんて、どんないんちきをつかったのよ」

「――……ね、鍋の中身、全部捨ててやろうよ」

女官のひとりが鍋に手を掛けたところで、年配の女官が彼女の腕をつかんだ。

「おやめなさい」

「っ……尚食長《しょうしょくちょう》様⁉」

尚食長とは庖厨での最高位にあたる。女官が慌てて鍋から手を放す。

「この白湯《パイタン》をみれば、わかるでしょう。これほど真剣に調理されたものを捨てるなど、尚食局の恥です」

うずらを骨ごと煮る白湯は、時間を掛ければ掛けるほどに骨髄の旨みがとけだして、白濁していく。だが、この鍋は白く透きとおっていた。ただ煮続けただけではこうはならない。どれだけ神経を研ぎすませれば、こうなるのか。

白湯だけではなかった。他の料理や下処理も見事だ。

尚食長が感嘆の息を洩らす。ひとりでこれだけのものを作るなんて想像を絶する。

舞でも書画でも、日頃から専心している者にだけ理解できる凄《すご》みというものはある。

他の女官も項垂れて、完敗の意を表す。

「さあさ、朝餉の支度をなさい」

尚食長が手を叩き、何事もなかったかのように庖厨の朝が始まった。

◇

雲のない青空に雅やかな笙《しょう》の音が韻々《いんいん》と響きわたる。

春季の宴がいよいよに始まった。

雅楽の旋律に舞うように桜吹雪がまわる。青と桜を映してたゆたう水鏡は万華鏡を想わせた。水路に張りだして組みあげられた高床《たかゆか》の舞台には季妃、嬪、婕妤とあわせて二十二の華が集められ、優雅に春を愛でている。

一段あがった上座には皇后の姿もある。麒麟《きりん》紋の簾幕《れんまく》が掛けられていた。麒麟は正統な帝の政を助けると伝承される帝室《ていしつ》の象徴だ。

季節の宴は妃嬪の親睦をはかるものでもあるが、ひそかに皇帝が訪れて側室の品評をすることもあるという。妃嬪たちは競うように一張羅で身を飾り、絢爛《けんらん》なる簪を頭が傾《かし》ぐほどに挿していた。

皇后が挨拶を述べ、その締めに言う。

「昨今、春陽に叢雲の陰りあり、と聞いたわ。春季の宴では、ぜひとも皆様がたに薬膳を振る舞いたく、どうぞ心ゆくまでご堪能《たんのう》なさって」

二胡《にこ》の二重奏が披露されるなか、帽子をつけた司膳《しぜん》の女官たちが脚のついた食膳を運んでくる。

予想どおり、雪梅の舞は宴の最後を飾ることになった。

有事に備え、慧玲は帽子で銀の髪を隠して配膳の女官に紛れた。雪梅の席に向かい食膳を据える。気がついた雪梅が声をあげかけたのを慧玲は視線で制した。

雪梅は毒に侵された身を隠すように唐紅の外掛《はおり》を羽織り、髪には梅の意匠の簪をひとつ挿していた。彼女ならば、もっと飾りたてるだろうと想っていたので、意外だった。

食膳には五種の前菜が載っていた。桜や梅や蝶に飾り切りされた人参や大根が華やかだ。妃嬪から歓声があがる。

「宴の膳はまず、目で食すもの。薬膳と聞いて華やかさに欠けるのではないかと思いましたが、これは期待できそうですね」

春の季妃が嬉しそうに箸を取る。春の宮を統べるにふさわしく、淑《しと》やかな妃だ。

まずは冷たい前菜《ロンフン》。猪《いのしし》の蒜泥白肉《スワンニーバイロー》とあわびの酢の物、搾菜《ザーサイ》だ。蒜泥白肉とは茹《ゆ》でたばら肉にすりおろした大蒜と香油のたれをかけたもので、大陸北部の料理として知られる。酢の物にはあわびだけではなく刻んだシロキクラゲとわかめが一緒にあえられ、柚子が搾ってあった。爽やかな香が食欲を増進する。

「ん、まあ、おいしい」

「誠にこれが、薬膳なのですか」

薬膳といえば健康にはよいが、独特の香りが強くて味はまずまず、という印象が広くある。だが前菜を食べ進めるにつれて、妃嬪の薬膳にたいする先入観が崩れだす。

続けては温かい前菜《ローパン》だ。

「あら、椎茸《しいたけ》だわ……なんてめずらしいのかしら」

椎茸の炒め煮《いために》が盛られていた。先ほどのシロキクラゲもそうだが、豊饒《ほうじょう》な林にのみ群生する椎茸はさらに希少だ。炒め煮にされた椎茸は香りよく、かむほどに旨みが溢れだした。

続けてもう一品。こちらは白味噌《しろみそ》が掛かった鴨《かも》の焼き物だった。脂の乗った鴨に白味噌が絡み合い、上品な味わいだ。味噌には細かく刻んだふきのとうがまぜてある。

「鴨からも柑橘の香がいたしますわ。これはどういった趣のものなの？　薬膳というからには効能があるのでしょう」

「え、あ、それは」

司膳の女官が言いよどむと、慧玲がすかさず妃嬪の側に進む。

「申しあげます。鴨にぬられた旬のふき味噌にひとつまみだけ、陳皮《チンピ》という漢方薬が練りこまれています。これはミカンの皮を乾して砕いたものです」

「ふうん、どういった効能がありますの」

「陳皮は胃腸の働きを健やかにいたします。血行を促進し、冬のうちに衰えた免疫を修復させます」

妃が感心して声をあげる。一方、雪梅は終始何事もないかのようによそおいながらも頬を強張らせていたが、鴨の焼き物を口に運び、ふっと微かに笑った。懐妊して味覚が衰えている雪梅の舌にも合ったようだ。懸念していたが、食事を楽しむのには問題ないようで、慧玲も胸をなぜおろす。

全員が五種の前菜に舌鼓を打つなか、酒が振る舞われた。

「八角の蜂蜜酒でございます。まずは香りをお楽しみください」

宮廷の宴ではかならず銀製の杯がつかわれる。銀は毒に触れるとくすむため、毒殺をふせぐことができるとされるが、水銀蜂の特殊な毒には杯は鈍らず綺麗なままだった。

妃嬪たちは漂った芳香を胸に吸いこむ。

「蜂蜜というよりは芳醇《ほうじゅん》な花の香りね」

銀の杯に唇を浸す。喉を滴り落ちていく甘露の雫が、死に至る猛毒だとも知らずに。

雪梅も箸をおいて杯を傾けている。

毒とは苦いものだ。この蜜酒も舌に触れた時はほどよい甘みが拡がるが、すぐに痺れるような苦みに変わる。毒の苦みを感じさせないよう、前菜には毒の廻《まわ》りを遅らせ、水銀蜂の毒の分解を促すための食材を取りそろえた。それが茸、大蒜、葱《ねぎ》、海藻だ。

前菜を食べ終わり、大皿小皿に移る。紹興酒漬けの海老からはじまり、ふかひれの姿煮、芙蓉蟹《フーヨーハイ》と続いた。海の食材をふんだんに取り入れたのは水榕の毒を中和するためだ。水榕は木の毒だが、水の毒――それも淡水の毒を強く含む。川の魚が海で泳げないように、淡水の毒は海水の薬で中和される。

「順番に提供していただけるのね」

「満漢全席みたいですわ」

そう、これは古《いにしえ》の時代に振る舞われていた満漢全席を復刻したものだ。当時は百品を超える料理が順番に提供され、三日三晩掛かって食したというが、王朝の衰退により途絶えた。その縮小版といったところか。

妃嬪が食膳に視線を落としてうっとりとする。

「なんて綺麗なのかしら。まるで名残の雪みたいで食べるのが惜しいくらいだわ」

芙蓉蟹だ。蟹のほぐし身を卵で綴《と》じて、芙蓉の花を模したものである。卵白のみをつかうことで、ぷるぷるとした食感と綿雪のような美しさが楽しめる。

「海老も美味《おい》しかったわねえ」

「ねっとりとあまみが舌の上で蕩けて……頬が落ちてしまうかと思ったわ」

皇帝の寵愛をつかもうと神経を張りつめていた妃嬪たちだが、食をかこむうちに表情がやわらぎ、喜びを分かち合うようになっていった。

続けては山菜の天ぷらだ。たらの芽、ふきのとう、たけのこ、ウド――いずれも春を報せる山の菜だ。雪の季節を乗り越えて萌《も》えだした植物には、ひと冬のうちに腎に溜まった毒を解毒する効能がある。庶民の昔ながらの知恵だ。

食に幸福を感じる心は士族も農夫も変わらない。

食は命を繋ぐものだ、薬もまたしかり。ゆえに薬とは楽しいものであるべきだ。

「なるほど、面白い趣向だな」

遊牧民の胡服《こふく》をまとった夏の季妃が八重歯を覗かせて、笑った。

「前菜から始まり、膳に八珍《はっちん》を取り入れているのか」

八珍とは満漢全席における禽《きん》、草、海、山に分類される各八種の珍味を表す。

先ほどの椎茸、シロキクラゲは草の八珍である。鴨もまた禽の八珍のひとつだ。海の八珍はふかひれとあわび。山の八珍はサイの陰茎やら象の鼻やら調達がむずかしく、食べるにしても癖が強いので、かわりに猪を用意した。

食事の最後を飾るのは椀《わん》だが、用意されたのは青銅の小型の鍋と蠟燭《ろうそく》だった。

今度はなんだろうかと妃嬪たちは瞳を輝かせた。

「失礼いたします。火をおつけいたしますね」

火の上に鍋が据えられた。

「まあ、火鍋だわ！　でも赤くないのね？」

熱せられて濁りのない白湯が煮えだす。焰棗《ヒナツメ》、茴香《ウイキョウ》、枸杞子《クコシ》、花椒《ホアジャオ》、当帰《トウキ》、肉豆蔻《ニクズク》、八角、丁香《チヨウジ》が踊るようにまわりだした。運ばれてきた肉は赤身だが、脂の霜が降っている。箸に掛ければ透きとおるほどに薄い。

「こちらは馬肉《ばにく》です。白湯にくぐらせてから、お召しあがりください」

「異境では馬の肉は桜に例えられるとか。春の宴にふさわしい。褒めてつかわそうぞ」

笏《しやく》を鳴らして、微笑んだのは冬の季妃だった。彼女は女人の身でありながら博学多識で、日頃から皇帝にも知恵を授ける賢者だという。

「して、馬肉にはいかなる効能があるのかや」

「赤身は血管を拡げて身体《からだ》を温め、脂は皮膚を修復します。牛、豚、鶏、それぞれに薬能がありますが、特に馬肉の効能は高く、昔から薬として食されてきました」

冬の季妃がほおと唸《うな》る。

「そなた、詳しいな。女官にしておくには惜しい」

「師より〈医は食なり。健全なる身は完全なる食からなる〉と教わりましたもので」

慧玲が低頭し、さがる。

火鍋を食べた妃嬪たちが続々と歓声をあげた。

「舌に乗せただけでも脂が蕩けて……」

「なのに、なんてさわやかな脂なの！　萌えたばかりの草の香りみたい」

火鍋といっても麻辣《マーラー》の利いた紅湯《ホンタン》ではなく白湯を選んだのにはわけがある。

丁香や生姜《しょうが》、胡椒といった漢方の香辛料はおもに肉の臭みを取り除くためにつかわれるが、この鍋においてはそうではない。馬の滋味を最大限に引きだし活かすために調合されていた。

「食とは命を紡ぐもの――ああ、見事ね」

沈黙を続けていた秋の季妃が感服したとばかりに言う。秋の季妃は欠席を疑うほどに影が薄かったが、みれば眩《まばゆ》いばかりの金銀錦で絢爛に飾りたてた若い娘だった。

これを旨いと味わってもらえたら解毒は完了したも同然だ。慧玲はほっとする。

締めは椀に収められた甜点心《デザート》だった。

「あら、豆腐かしら」

白く、匙を差しこめば、はねかえすだけの弾力がある。すくいあげて、口に含めば、あまやかな芳香が鼻を抜けていった。熟成した果実酒にも似た芳醇さだ。

「杏仁豆腐《あんにんどうふ》です。杏の仁を擦りつぶして搾り、乳と寒天でかためた冷菓です。杏仁は肺と腸の薬ですが、その苦さから敬遠されてきました。そのため患者が心地よく服せるよう、薬師が菓子として造りあげたものがこちらです」

菓子というと、揚げた餅《ビン》や餡《あん》いりの包子《パオズ》ばかりを食べてきた妃嬪たちは一様に感激していた。

いよいよ宴もたけなわだというのに――

慧玲はひそかに眉を曇らせる。

裾から覗く雪梅のつま先には、まだ、梅が咲いていた。

ほんとうならば薬膳によって解毒が終わっているはずだ。雪梅も心細げに脚を撫でている。木の毒を強くする逆木が思いのほか薬の効能を阻害しているのだ。

「春季の宴もまもなくお開きね。名残《なご》り惜《お》しいわ。けれども季節は巡り、時は流れ続けるものですもの。それもまた、愛《いと》しいものだわ」

皇后が締めの言葉を掛ける。

「最後の舞台は、華の舞姫たる雪梅嬪に演じていただきたいのだけれど……雪梅嬪は足を挫《くじ》いたと聞いたわ。舞うことはできるかしら」

皇后に名を呼ばれ、雪梅が一瞬だけ、瞳を凍てつかせた。

妃嬪たちが視線だけで囁き合う。雪梅が病に侵されているというあの噂は、真だったのでは――と。

だが、雪梅はすぐに華の微笑で繕った。

「喜んで」

雪梅が杖を取ろうとする。

緊張のためか、うまくつかむことができずに杖が倒れてしまった。雪梅が頼りにする小鈴は今、側にいない。咄嗟《とっさ》に慧玲が杖を拾いあげようと動きかけた。

だが雪梅は頭《かぶり》を振って、助けを拒絶する。

他人に頼ることなく雪梅はつまさきを地につけ、踏ん張った。木毒に蝕まれて硬くなった足指は動かすだけでも痛むのか、彼女はわずかに顔をしかめた。

彼女の脚は梅の木になりかけている。無理な力を加えて損傷すれば、取りかえしがつかない。だが雪梅は重心を脚に移して、椅子から腰をあげた。

ぱき、と。凍てついた枝の、砕ける音が響いた。

雪梅が瞳を見張る。

脚が折れたのではないかと慧玲は青ざめた。だが雪梅の唇が安堵に綻んでいったのをみて、ようやく解毒がはじまったのだと理解する。

雪梅はまだぎこちないはずの脚で花道を進み、舞台にあがった。

音楽が静かな雅楽から舞楽に変調する。

雪梅の舞はただ、ただ、麗しかった。弾ける古箏《こそう》の旋律に身を預けてたおやかに舞いあがっては、はらりと地にしな垂れる。脚をそろえて跳躍すれば蝶となり、袖を拡げて廻れば、華となる。誰もがその舞姿に魅了され、言葉を絶した。

踏みだすだけでも節々が軋《きし》み、ふらつくだろうに、雪梅は一瞬たりとも苦痛を覗かせることはなかった。唇に艶《あで》やかな微笑を湛え、表すはただ、歓喜のみ。

そう、これは歓びの舞だ。

冬の戒めを振りほどき、春にさきがけて咲き誇る梅の幸《さきわ》いだった。

乱舞する桜吹雪が舞姫に降りかかる。華に嵐、とばかりに。うす紅の花びらを身に享けていっそう麗しく、艶《えん》を帯びて、舞姫は踊り続けた。

華の命は短きものだ。咲けば、散りゆくさだめとしても。咲かぬは華にあらず。惜しみなくひと春を咲き誇れ――とばかりに。

雪梅の裾からひとつ、ふたつと梅がこぼれた。

妃嬪たちは舞の演出だと想いこんでいるが、慧玲はすぐにわかる。雪梅の身に咲き群れていた梅が完全に解毒されたのだと。

彼女を侵蝕していたのは紅梅だったはずだ。

だが身から散りこぼれる梅は――清らかな白梅だった。

「舞姫は、春を歓び、春を誇り、春を葬る……か」

雪梅の舞は、さながら春の鎮魂歌だ。慧玲は春風に舞うこぼれ梅をてのひらに乗せ、祈るように睫を重ねあわせた。

春の宴は、華たちの歓声で幕をおろした。

◇

綺羅星《きらぼし》にさきがけて、春の月があがった。

時折強く吹き渡る風には花の香が漂い、春の終わりを報せていた。

雪梅とともに春の宮に帰還した慧玲は雪梅の部屋につくなり、神妙に跪き、額を地につけた。

「お詫《わ》びいたします」

「やめてよ。詫びてもらわないといけないことなんか」

雪梅は何事かと慧玲の腕をつかんで、顔をあげさせようとする。だが、慧玲は頑として動かなかった。

「薬の効能が、遅れました。解毒がまだ完全ではないうちに舞を演ずることとなり、雪梅嬪には多大なるご負担をお掛けすることに」

「なによ、そんなことなの」

雪梅が鼻で笑い飛ばす。窓の際まで進んでから、彼女は振りかえり、自身の胸を指して誇らかに声をあげた。

「私の舞は麗しかったでしょう」

「……お見事でした」

雪梅は唇をもちあげ、笑いかけた。

「だったら、それが全てよ。再び舞えるとは夢にも想っていなかったもの……」

裾から覗く白い素脚を撫でながら、雪梅は幸せそうに笑みをこぼした。

「貴女の食は素晴らしかったわ。私は幼い時から贅《ぜい》をつくしてきたけれど、こんなにおいしいものがあるなんて知らなかった。悔しいけど、感服したわ」

白味噌をかけた鴨の焼き物、芙蓉蟹、紹興酒漬けの海老、馬火鍋、杏仁豆腐――と雪梅は指を折りながら余韻に浸る。

「食医の本旨は確か、日頃の食によって健康を保ち、未病のうちに治療することよね。いっそのこと、後宮の日々の食もあなたが監修してしまえばよいのに」

「有難《ありがた》いお言葉ですが、残念ながら難しいでしょう」

「だったらせめて、先ほどの食帖《しきじょう》だけでも」

食帖といえば、調理の手順を記した書物だ。慧玲は苦笑する。白澤の一族はその知識を書物には残さない。口伝された言葉を頭のなかで記憶するのみ。

なぜならば。

「なりません。だってあれは」

唇を微かに綻ばせて、慧玲は真実を明かす。

「全て、毒ですから」

雪梅の微笑が一瞬で凍てついた。

自身の耳を疑うように雪梅は瞬きばかりを繰りかえしていたが、ずいぶんと遅れてから「どういうこと」とだけ声をあげた。

「例えば、最後に振る舞った杏仁には二種ございます。大陸南方で採れる甜杏仁《テンキョウニン》は無毒ですが、北方の苦杏仁《クキョウニン》は青酸を含み、猛毒です。誤って後者を食べれば呼吸不全に陥り、死に至ります。なので、杏仁豆腐にもちいられるのは甜杏仁だけ。ですが私は、敢えて毒のある苦杏仁をつかいました」

「なぜ、そんな危険なものを」

「苦杏仁にこそ、強い薬効があるからです」

杏仁には肺をひらき、滞っていた気を降下させる効能がある。だから杏仁豆腐を食べた後、薬の効能が下肢まで流れ、解毒できたのである。

「毒をもって毒を制す――雪梅嬪はご存知かと思います。ですが、白澤の一族はさらにこう続けます。万物、此《こ》れことごとく毒なりて、即ち薬とは毒なりき――と。苦き薬が毒となるように、口に旨き毒は妙薬となるものです。ですが……強すぎる薬は御子に障ります。なので、多様な料理に様々な毒を少量ずつ施しました」

「なぜ、御子のことを」

雪梅が息をのみ、かばうように下腹に触れた。

「ご懐妊からふた月ほどでしょうか。……梅の頃ですね」

「誓って陛下の御子よ」

慧玲もそれは疑っていなかった。宦官には女を孕ませることはできない。だが、皇帝との房事は遠からず宦官の死に結びついている――そうも考えていた。

「ご懐妊を公にはされないのですか？」

この様子だと皇帝にすら報せていないはずだ。

「御子を護るためよ。後宮は皇帝陛下の庇護《ひご》下にあるといっても、実際は敵ばかりだわ。先々帝の頃には皇帝に寵愛された妃嬪が続々と暗殺されたとか。だから、信頼する女官たちにも懐妊を隠していたのよ」

少なくとも安定期までは他言するつもりはなかったという。

雪梅は皇帝の寵愛が約束されたことで、遊びにすぎなかった宦官との縁を絶ったのか。

「雪梅嬪、こちらに……見憶《みおぼ》えはございませんか」

慧玲は懐から錆《さ》びついた簪を取りだした。雪梅が瞳を見張る。

「これ、は……殷春《イェンチュン》に、逢ったの？」

「殷春。それが自害した宦官の名なのですね」

「自害……ですって」

雪梅がさあと青ざめた。

「嘘よ、殷春が命を絶ったなんて……どういうことなの、ねえ」

雪梅の取り乱す様をみれば、嘘をついているとは思えなかった。彼女はなにも知らなかったのだ。

慧玲は戸惑いながらも、努めて冷静に言葉を紡いでいく。

「殷春というその宦官は、ふた月前に梅の下で命を絶ったそうです。おそらくはこの簪で喉を刺し貫いて。不躾《ぶしつけ》なことをお伺いしますが、彼とはなにかご縁があったのでは」

雪梅は視線を彷徨わせながら、答えにならない言葉をこぼす。

「……約束を、違えたのは……彼のほうだと、ずっと」

雪梅は涙をこらえるようにきつく瞼を瞑り、続けた。

「黄泉《よみ》の旅路をともに……そう、契りを結んだのよ」

雪梅は宦官と心中するつもりだったのか。それはあってはならないことだ。陛下にたいする逆心と取られても致しかたない。

「私は、士族である麗家の三女として生を享けたわ」

ほつほつと梅のこぼれるように雪梅は語り始めた。

「蝶よ、華よ、と育てられた。士族の娘など産まれながらに貢ぎ物だもの。それはそれは大事に扱うわ。瑕疵《きず》ひとつ、つかぬように」

唇をかみ締めてはまた緩ませ、彼女は「だから」と続けた。

「今さら恋になんか、落ちるとは想わなかった」

私は、つぼみでありたかったのよ、と雪梅はこぼす。

想わせぶりに芳烈な香りだけを振りまいて、いつ咲き誇るのかと望まれてやまぬ華になりたかった。そうでなければならなかったのだ。

それでも、綻ばぬつぼみがないように。

彼女の春は明けそめた。

「殷春と想いを通わせてから暫《しばら》くして、陛下の御渡りがあったわ。夢のようだった。ほんとうよ。だってそうでしょう。私は、そのためだけに育てあげられたのだから。優雅な舞も、磨きあげた美貌も、全ては陛下のご寵愛を賜るため。なのに、陛下に触れられたとき、肌が凍った」

春を知らぬ硬いつぼみならば、堪えられたはずの寒さだった。

「恋など、しなければ」

悔やんでも、綻んでしまった花びらはつぼみには戻れなかった。

妃嬪と宦官は結ばれない。まして、雪梅が皇帝の寵妃《ちょうひ》となってしまっては。

ゆえにふたりは、死後に望みを託したのだ。

「朔日《ついたち》の晩に逢いましょうと約束したのよ。春の庭で最も麗しき梅のたもとで、と」

慧玲は想像する。

宮を抜けだして、星のあかりだけを頼りに梅のもとへと向かう雪梅の後ろ姿を。死に逝く時にも彼女は唇に紅を乗せ、髪を艶やかに結いあげて、紅繻子《べにしゅす》の襦裙に帯を締めるのだろう。舞台にあがる時となにひとつ違わぬ華やかさで。

後悔が、ないといえば、嘘になるはずだ。全てを裏切ることになる。一族。親姉兄。寵愛。権力。財。名誉。富。位。命。

なにもかもを投げだしても、彼女は愛したかった。愛されたかった。

「梅が、しな垂れるほどに咲き誇っていたわ。夜陰を透かして、紺青《あお》に視《み》えた。月もなかったものだから。それでも、香りだけはむせかえるほどにかぐわしくて」

如月《きさらぎ》の宵は凍《しば》れる。かじかんだ指に息を吹きかけ、雪梅はどれだけ待っただろうか。花散らしの風に髪のみだれを気にかけつつ。

「けれど、あのひとは、こなかった」

咲き群れる梅のもとで、ひとつふたつと指を折り、時を過ごしたに違いない。

「朝まで待ち続けたわ。しらじらと東雲《しののめ》が緩みはじめて、想ったの。ああ、彼の愛は、綺麗なばかりの嘘だったんだと」

「ですが、そうではなかった――哀しいことに」

慧玲がようやく唇を割った。

「殷春というその御方もまた、他の梅のたもとで待ち続け、ついには嘆いて命を絶った。人の体から流れだした血潮は金《ごん》に転じ、強い未練を残した死は地毒をもたらします。彼の流した血潮は土に浸《し》み、梅の根がそれを吸いあげ、毒に転じた。それが雪梅様を侵す毒疫のもとでした」

昔はこの金の毒を死の穢《けが》れとも言った。葬儀の後、身に塩を振るのはこうした死穢《しえ》を絶つための風習だ。宴の食膳に塩を含む海の食材を多く取り入れたのは、金の毒——この殷春が遺した死の穢れを弱めるためでもあった。

雪梅を侵す最大の毒は木毒だ。これを絶つには金の薬が最適だが、血の錆から生じた毒は金の薬の効能を阻害する。

解毒するにはまず、金の毒を完全に絶たねばならなかった。

そこで水銀蜂である。水銀蜂はその名のとおり、水銀と同様の猛毒を持つ。

遺骸に水銀を施すと腐敗がとまり、何百年も生前の姿を維持することができるため、水銀は不老不死の霊薬とされた。

老いとは陰陽における陰の働きだ。老いるほどに人は陰に傾き、中庸を維持できなくなる。不死は幻想だが、水銀は遺骸の保存にもちいるほど陽の性質が強い毒であるため、白澤ならば陰から中庸に戻す若がえりの薬に転ずることもできる。

もっとも水銀蜂そのものならばともかく、その蜂蜜に混ざる水銀毒は微量だ。陰性の金毒を絶つにはまだ不充分だった。

従ってもう一種、陽に働きかける薬を要した。

それが水榕の蜜だ。水榕は有毒の植物だが、その芳香が邪を遠ざけるとされ、一部の地域ではこの葉が葬儀の棺《ひつぎ》に敷きつめられる。塩、水銀、水榕の三種が合わさって、金の毒を解毒する薬になる。

金の毒を制したら、最後は火鍋だ。白湯は金の薬膳である。加えて金の食材である馬をつかい、木毒を根こそぎ絶った。

「そんな……ありえないわ」

最愛の人が己の身を毒したとは受け入れがたいのか、雪梅は頭を横に振った。

「地毒に接触しなければ、毒疫にかかることもないはずよ。私はあの後も梅のもとを訪れたわ。けれども、私の待ち続けていた梅の木に彼は来なかった。あの夜、彼がどの梅の木にいたのかさえ、私は知らないのよ。彼の死の毒に障《ふ》れるはずがないわ」

「それは……」

いかなる経緯で雪梅が毒に障れたのかは慧玲自身も不可解だったため、言いよどむ。

その時、一頭の蝶が窓の飾り格子をすり抜けてきた。魄蝶だ。

部屋に残った梅の余薫《よくん》に惹かれたのだろう。

そうか。蝶だったのか。

死者の魂を運ぶ蝶──言い得て、妙だ。

「蝶です。血に群がる蝶が離れていた双つの梅を繋ぎ、金の毒をも媒介したのです」

蝶は梅が散ったことを惜しむようにあたりを飛びまわる。

わからないことといえば、もうひとつ、ある。

「畏れながら……この庭に梅は幾百とあります。なぜ、そのように大事な待ちあわせに梅を選んだのですか」

「間違えるはずはないと思ったのよ。八重の紅梅はひとつだけだもの」

雪梅はきまって紅の絹をまとっていた。彼女と梅を重ねあわせたならば、かならず八重の紅梅で待つはずだと。

だが、そうではなかった。

想いかえす。雪梅が最後に舞ったとき、こぼれ落ちたのは白梅。雪梅を毒した梅は血を吸って紅になったが、もとは白梅だった──ああと理解が落ちてきた。

梅園に八重の梅は双つある。雪梅は紅の梅で待ち、殷春は白梅で待った。そして行き違ったのか。

「彼はあなたさまの姿ではなく、純真無垢《むく》なる御心に、梅をみたのではありませんか」

艶やかな舞姫ではなく、白雪のように清らかな心を持ったひとりの女人を愛したのだ。

雪梅が瞳をまるくした。睫を濡らして、涙がとめどなく溢れだす。頰紅を崩し、彼女は声をあげて泣き崩れた。

ひと際強い春の風が窓から吹きこんできた。部屋に桜の花びらが舞いしきる。いや、違う。光を拡散する瞬き——魄蝶の群だ。蝶が乱舞する。

雪梅が不意に息をのみ、泣き濡《な》れた瞳をあげた。

「……殷春」

咄嗟に慧玲が振りかえったが、そこにはただ、蝶の群がいるのみだ。

蝶の群は戸の隙を抜け、廻廊に向かう。雪梅は愛しいひとを呼びながら、蝶の後を追いかけていった。

「お待ちください、雪梅嬪！」

慧玲が追いかけるが、雪梅は振りむきもしない。

外はすでに日が暮れていた。雪梅は階段を降りて暗い庭を進み、赤い反橋《そりはし》を渡る。走り続けながら橋の対岸に視線をむけた慧玲は一瞬、みずからの眼を疑った。

「梅……が」

散ったはずの梅が、しらじらと咲き誇っていた。

八重の白梅だ。潤むような光を帯びて、宵の暗がりに浮かびあがっている。満ちる花の重さに枝垂れた梅枝が風に舞っていた。

慧玲が息を洩らす。

「ああ、……蝶、なのね」

月を帯びた魄蝶の群が、梅に集まっていた。幾百、いや幾千か。枝も葉も埋めて、いまだ梅の季節と欺くように群れている。

梅のたもとにたどりついた雪梅は、崩れるように根かたで膝をついた。

「殷春……ねえ、聴いて」

息をきらして、彼女は呼びかけた。さも、そこに愛しいひとがいるかのように。

「私はあの晩、ほんとうに貴男《あなた》と逝くつもりだったのよ。愛していたの、今だって愛しているわ……恨めしいほどに」

死んだ殷春ではなく残された雪梅こそが、恨みという言の葉を紡ぐ。

梅が浪《なみ》だつようにそよいだ。

「でも、私は、もう逝けないわ」

自身の下腹に触れて雪梅は言った。胎のなかに脈打つものがある。新しい命だ。彼女が誰を欺いても、護りたいと望むものだ。

だからと彼女は続けた。

「貴男は、私を、恨んでもいい。けれども、どうか、これだけは誓わせて」

雪梅は涙を堪えながら、自身の髪に挿していた簪を抜いた。

ほどけた髪がさらさらと春風になびいて、拡がる。番《つがい》になった双つの簪を握り締めて、彼女は逝くひとに最後の言の華をたむける。

「私の恋は、今生で貴男だけよ」

風が吹きつけて、蝶がいっせいに舞いあがった。

春の吹雪だ。舞いみだれる蝶のただなかに一瞬だけ、梅に殉じた男の影がよぎる。慧玲の瞳にも人影は確かに映った。輪郭は暈《ぼ》けていたが、微笑んでいるのだということだけはなぜか、はっきりとわかる。

愛する女の幸福を祈るように。

春は、逝く。梅の香を微かに残して。

雪梅は愛する人の残り香を抱き締め、梅のたもとで泣き続けた。

散らぬ花がないように、涙もまた、つきるものだ。されども胸に秘めた華は散らない。

愛は久遠に散らさじ。

いつか、橋の向こうで再び逢うその時まで。

◇

月影を映して青ざめる竹林に橙《だいだい》の提燈《ちょうちん》が漂っている。慧玲だ。彼女は雪梅の解毒を終えて、離舎に帰るところだった。

一陣の風が吹き、竹の葉がさざ波のように騒いだ。慧玲が振りかえる。暗がりに潜むものが誰なのか、彼女はすでにわかっている。試すように微笑みかけた。

「いつまで、隠れているつもりですか、風水師」

一瞬の沈黙を経て、群青の陰が破られた。篠笹《しのささ》を踏んで黒衣の男が現れる。肩を竦めながら、鴆は不敵に微笑みかえしてきた。

「素晴らしい宴だったね。妃嬪たちも大絶賛だったじゃないか」

「あなたには御礼を言わなければ。希少な毒を分けてくださったのですから。おかげさまで患者を助けることができました」

頭をさげれば、鴆は微かに眉の端をはねあげた。

「気がついていたのか」

「水銀蜂の蜂蜜は銀食器でも検知できない特殊な毒です。水榕の香も素人には八角と区別がつかない。よほどに毒の知識があり、日頃から毒を扱いなれていなければ思いつきもしない毒の組みあわせです」

彼が風水の知識を備えているのは事実であろう。

だが彼の本業は、他にある。

「あなた、毒師の暗殺者ですね」

鴆は微笑を崩すこともなく、双眸だけを鈍くとがらせた。猛毒を孕んで、眸がぞわりと紫に濁る。

「蔡慧玲を殺せ――それが僕の請けた依頼だ」

慧玲は唇を固くひき結ぶ。今さら絶望することなど、なにひとつない、とみずからに言いきかせるように。

正確には、と鴆が言う。

「暗殺ではなく貴女が失脚して公に処刑されることが依頼者の所望だった。だから宴に毒を紛れこませたんだ。皇后や妃嬪を毒殺したとなれば、史書に残る大罪人になるからね」

その依頼者というのは九分九厘、左丞相だろう。彼は現帝派だ。先帝を疎み、慧玲の死刑を進言していた。皇后や妃嬪の暗殺まで策謀の一部だったとなれば、左丞相の娘でも皇帝に差しだし、皇后にする魂胆だったか。

「あんたは毒を見抜いていた。それなのに告発せず、あろうことかその毒を宴の皿に載せたわけだ」

意外だったよと、彼はさも楽しげに言った。

「嬪ひとりを解毒するために妃嬪や皇后にまで、致死毒を飲ませるなんてね。まともな神経ではそんなことはできない。あんたにとっても賭けだったはずだ」

患者に適した毒をのませ、薬となすのはさほど難しくないが、健康な者に毒を投与するのは危険をともなう。だが、慧玲は白澤の智慧を駆使し、全員にとって薬となるよう、中庸を維持する完璧な薬膳を調えた。

「先ほどからずいぶんと雄弁ですが、よいのですか」

暗殺者が依頼について喋るのは禁だろう。喉をならすように鴆は、笑った。

「いいんだよ。死者は、秘密を洩らさないからね」

鞘《さや》から抜きはなたれた殺意が、慧玲の肌に突き刺さる。

鴆が緩やかに近寄ってきた。

「依頼者はひどくご立腹だ。薬を毒に替えられないのならば、その命だけでも絶てと言われた」

「そう、ですか」

鴆が腕を伸ばし、無抵抗な慧玲の喉もとに指を絡めてきた。弄ぶようにじわじわと絞めあげられても、慧玲は身動きひとつせず、ただ静かに睫をふせる。

「ずいぶんと諦めがいいんだね」

首筋に爪が喰いこんでいく。肌が破れ、血潮が垂れた。彼ならば、慧玲のことなど一瞬で殺せるはずだ。試されている、と感じた。その身に死がせまったとき、彼女がどうするか。

「縋りついて、媚びてみせなよ。あんたも後宮の華なんだろう」

「……涙を流すくらいで助かるのならば、いくらでも」

そんな誘いに乗るものかと、微笑みに棘《とげ》を織りまぜて慧玲が言い返す。

「けれど、哀れみに訴えかけようが、足許に縋って媚びようが、そんなものは毒にも薬にもならない。あなたは徒華《あだばな》を愛でるような愚者ではないはず——違いますか」

鴆は口の端をつりあげた。慧玲の喉を絞めあげていた指が緩む。

「違いないね。無様に命乞いなんかはじめたら、すぐに殺すつもりだったよ」

鴆はするりと慧玲の青ざめた頰に触れた。

「それにしても、解せないな」

彼に触れられたところが、微かだが熱を帯びて痺れだす。

「貴女は薬師というには毒々しい。事実、貴女の調薬はさながら闘いだ。剣をもって斬り、槌《つち》をかざして砕き、踏みつけ、圧制して、毒を屈服させるような——」

医はかくあるべしという真髄からはかけ離れた言葉の群だ。

慧玲は挑むように唇を持ちあげた。

「——それの、なにが解せないの？」

瞬きをひとつ。帳を解くように慧玲の緑眼が透きとおる。

「毒を喰らい、薬となす。他ならぬそれが私よ」

鴆の言葉は正しい。

毒を喰うか、毒に喰われるか。

彼女が師たる母親から教わった医とは命を賭けた闘いだった。報復にして征服であり、統制にして、捕食だった。

「なぜ、皇后にまで致死の毒を飲ませたのか。教えてあげましょうか――私の薬膳はおまえが仕組んだ蜜酒の毒にかならず、勝つと思ったからよ」

終始綻びなく繕われていた鴆の微笑が、崩れた。

「へえ」

侮辱にたいする怒りは一瞬だった。それを凌ぐ享楽が、鴆の眸の底で燃えあがる。彼は楽しげに嗤った。

「だったら、試してみようか」

強引に顎をつかまれ、ひき寄せられる。

唇に熱のない火が燃えた。

「っ……ふ」

息を奪われ、唾《つばき》がまざる。

接吻《くちづけ》を、されている。

そう理解して突きとばそうとするが、振りあげた腕をつかまれ、抵抗できなかった。

触れあった舌に鈍い痺れがある――毒だ。

慧玲が毒だと理解したとみたか、鴆は身を退《ひ》いた。

「さあ、これはどうかな」

ずるり、ずるり……身のうちに蛇が侵入していくような身震いのする感触。腕にぞわりと紫の毒紋が浮かびあがり、慧玲は息をのんだ。

絡みつく縄を想わせる紋様だ。

ただの毒ではないことはあきらかだった。

慧玲の頭のなかで白澤の書が勢いよくほどかれる。蛇の毒、蟲《むし》の毒、禽の毒、いずれも違う。彼は口に毒を含んではいなかった。

最後に浮かんだのは、禁毒《ごんどく》という項だ。

禁毒の典型は蠱毒《こどく》である。甕に百種の有毒の蟲を捕らえて共喰いをさせ、最後に残った蟲をつかって毒を造るというものだ。この毒をのませれば、望みどおりの死にかたをさせられる。病死はもちろん、自死させることもできれば、事故死させることも可能だ。

きわめて危険な毒であり、この禁を破った者は族誅に処される。

だがこれを人の身のうちでなすという、さらに危険で、罪の重い毒があった。

「……おまえ、人毒《じんどく》の禁を破ったね？」

「っと、さすがだな。この毒も知っているのか」

白澤の書いわく――人毒たるは蛇、蠍《さそり》、蜥蜴《とかげ》、蜘蛛《くも》、茸、植物などの千種の毒を服しては死に絶える限界で解毒を繰りかえすことで人体が毒を帯びるものである。人毒となれば、血潮のひと雫を杯に垂らしてのませるだけで、標的の息の根をとめられるという。最強の暗殺者を造るための毒だ。

恐るべき禁忌であるため、この毒について語るだけでも死刑となる。

「ご明察だ。この身は人毒を帯びている――血潮の一滴から唾にいたるまで、毒蠍、毒蛇に匹敵する猛毒だ。毒を取りこませて、十秒も経てば血を喀《は》いてもがき即死するか、三日三晩地獄を味わった後で絶命する……あんたはどうかな？」

慧玲の唇から、こぽりと血潮が溢れた。水の膜を通したように鴆の声が段々と遠ざかり、やがて聞き取れなくなる。

聴覚が毒にやられたのだ。他の五感も急速に錆びついていく。痛覚だけが麻痺することなく身のうちを掻《か》きみだす。慧玲がなおも立ち続けているのは意地だけだった。薬の一族が毒師風情に膝をついてなるものかと。

濁る意識のなかで心臓の脈動だけが、明瞭に響いていた。

これは殺すためだけに造られた毒だ。

ならば――恐れるに足らない。

真に恐れるべき毒とはいかなるものか、慧玲は経験から知っていた。

だから怯えるな。意識を保て。崩れてはならない。慧玲はみずからに言い聞かせる。

この毒は、私には効かない——と。

心臓がまた強く、重く、脈を打つ。毒が心臓を侵しはじめているのか。違う、逆だ。

慧玲の身のうちにいるものが今まさに、毒を喰らい、無効化しているのだ。

慧玲の膚《はだ》から、清浄なる香がまきあがった。

一陣の香風に吹き払われて、視界の霞《かすみ》が晴れる。続けて聴覚がもどってきた。肌を侵していた毒の紋様が滲んで消滅する。縄をほどかれたように腕や脚が動くようになる。

一部始終を観察していた鴆がわずかに眼を見張った。

「あんた、毒が効かないのか」

「私は万毒を喰らうと言ったはず」

慧玲は唇を舐め、鴆を睨みかえした。

孔雀の笄が揺れて、澄んだ調べを奏でる。孔雀。毒蛇をも喰らうことから、古くは神の遣いと称えられた鳥だ。

慧玲は水銀蜂の蜜毒も自身の舌で毒か否かを確かめ、その後解毒薬を服すこともなく宴の支度を進めた。

慧玲は万毒を克服している。禁毒もしかりだ。

睨みあいを経て、堪えきれなくなったとばかりに鴆が嗤いだした。顔を覆って嗤い続けながら、彼は指の隙から覗かせた眸をぎらつかせる。

「……たまらないな」

魅惑されたように鴆が言った。

「奇麗な微笑みで巧妙に隠し続けているつもりだろうが、僕にはわかるよ。あんたの瞳の底には絶えず炎が燃えている。それは忿怒《ふんぬ》で、怨嗟《えんさ》で、絶望で——復讐《ふくしゅう》への渇望だ」

鴆が声を低く落として、囁きかけてきた。

「殺したいやつがいるんだね」

風を吹きこまれたように慧玲の瞳が、いっきに燃えあがった。

炎のなかに人の影が映る。帝冠を戴《いただ》いた男——慧玲は、永遠にその者を許せないであろう。許せるものかと、炎は緑に舞う。

ほんとうは、何処かでわかっていた。

絶望のなかでも魂を燃やし続けることができたのは、先帝の罪を償いたいから、というだけではなかった。根底にあったのは——怨《うら》みだ。

「僕が殺してやろうか」

鴆は嗤った。悪辣に。それでいて、あまやかに。

「……おまえが殺すのは、私でしょう」

「辞めたよ。剣で刺せば、喉を締めあげれば、頭蓋を砕けば、貴女など易《やす》く殺せるだろう。けれどそれじゃあ、つまらない」

喉がひきつった。殺意をむけられた時とも、禁毒に侵された時とも違う。解明できない毒と逢ってしまったような、底知れぬ恐怖感がある。

「貴女の本質は、毒だ」

「違う、私は薬よ」

慧玲は咄嗟に言いかえしたが、声は哀しいほど響かなかった。

「貴女の魂の底にある毒を、僕がひきずりだしてやるよ」

吹きつけてきた春の嵐に笹が擦れあって騒めく。

雲がながれて、竹林に清《さや》かな月影が差した。鴆の端麗な輪郭が浮き彫りになった。頽《たい》廃《はい》を誘うその微笑は妖魄《あやかし》のように艶やかで、言葉にできない凄みがある。

「また、逢おう。ああ、もちろん、食医と風水師としてね」

嫌らしいほどに親しげな言葉をひとつ残して、鴆は暗がりに身を融《と》かす。

緊張の糸が切れ、慧玲は膝から崩れた。まともに呼吸もできていなかったことに今さら気づく。

復讐は、よすがだ。慧玲に遺されたただひとつの。

けれど、それは、毒によってなすものではない。報復できるとすれば、薬でだけだ。

だから慧玲は、この身の毒のいっさいを絶たねばならない。

毒と薬は紙一重なのだから。

天からひと筋、星が落ちる。彗星《すいせい》は緑に瞬きながら月に爪痕を残して、あとかたもなく砕けた。慧玲はそれを振り仰ぎ、想いだす。

父様が処された晩も星が落ちた――と。

あれは秋になったばかりとは思えぬほど寒い晩だった。帝の死を嘆いたのか。天穹を埋めつくす幾千の星が涕泣《ていきゅう》した。

絶えまなく降り続ける流星群のなかで、彼女はあるものをみた。

語れば、大逆罪となる。

だが、語ったところで誰が信じようか。ついに壊れたかと嗤われるだけに違いない。

それでも、あの晩、慧玲はみたのだ。

麒麟が死に逝くところを――

◇

青銅の燈火《とうか》が風もないのに、傾ぐように揺れた。

高値《こうじき》な燈脂《ともしあぶら》を惜しまず、文書の訂正に勤《いそ》しむ白髪頭《しらがあたま》の男が視線をあげる。古希《こき》を迎えた左丞相だ。先帝にたいする反乱を支援した第一人者でもある。妾腹《しょうふく》の兄に過ぎなかった男が皇帝の位に君臨できたのは彼という後ろ盾があったからこそだ。

「……気のせいか」

左丞相が再度文書に目を落としかけたところで、今度は彼のすぐ背後で廻廊の床が軋んだ。

「……鴆か」

唐木の格子に細身の影が映る。戸をはさんで、言葉をかわす。

「今度こそ、息の根をとめてきたんだろうな」

「それについてご報告に参りました」

鴆が声の端々に喜色を漂わせながら言った。

「蔡慧玲は殺さない」

「なんだと」

左丞相が椅子から立ちあがりかけた。だが、眩暈に見舞われたのか、椅子に倒れこむ。

「だから殺すのはおまえにするよ、左丞相」

「な……なんだ、これは」

左丞相の親指には蜘蛛が乗っていた。紫の繊毛が毒々しい蜘蛛だ。腕を動かして払い除けたくとも、痺れた指が微かにはねただけだった。

「依頼を破棄する時には依頼者を殺す——暗殺者の掟《おきて》だ。知らなかったのか。人を呪わば穴ふたつ、だよ」

左丞相は青ざめて、声をあげた。

「だ、誰か！　誰か、おらんのか」

「助けは来ないよ。毒蜂に刺されて、今頃は眠りの底に落ちているからね」

「こ、こんなことをして……許されると、思っているのか。毒師の分際で……わ、儂《わし》は

……儂を、いい、い、いったい誰だと……」

神経毒がまわってきたのか、舌がもつれているようだ。まもなく声もあげられなくなるだろう。

「誰、ねえ？　官費の帳簿を書き換え、私腹をこやすしか能のない古狸《ふるだぬき》だろう？　蔡慧玲を殺したがったのも毒疫でひと稼ぎするつもりだったからだ。一部の者にとっては、流行病と戦争の時ほど儲《もう》かる時期はないからね」

虚空を睨みつけていた左丞相の眼が白濁して、眼の裏からどっぷりと血潮が溢れた。紫檀《したん》の文机に血が垂れて、紙の文書を濡らす。左丞相は最後までなにかを喚いていたが、夥《おびただ》しい血潮を吐いて息絶えた。毒蜘蛛が抜け殻になった老爺《ろうや》の背から落ち、格子の隙を抜けて鴆のもとに帰ってくる。

「いい蠱《こ》だ」

鴆は毒蜘蛛を褒め、袖に隠した。

「いかに富を築いても満たされることなく、権威にしがみつき財を欲し続けて、身を滅ぼす……あたかも亡者だな」

みすぼらしいと眉根を歪めた。

鴆は廻廊の屋根にあがり、月の光を受け黄金がかった瓦を踏みしめる。微かな音もさせずに宮廷の屋根へと渡った。

「それにくらべて、彼女は」

鴆は煙管《きせる》に火をつけた。

細い煙のなかに白銀髪《はくぎんぱつ》の後ろ姿を浮かべる。

蔡慧玲。父帝の罪をかぶせられて化生の姑娘だと疎まれながら、償いのために薬を調え続ける廃姫。

可哀想《かわいそう》なだけの姑娘ならば、殺すつもりだった。

だが彼女は、哀れなどではなかった。華やいだ微笑を唇に乗せても、媚びて香ることはなく。身に降りかかる毒を敢えて喰らい、強かに咲き誇る――華だった。

華にはかならず、毒があるものだ。

美しければ、美しいほどに凄絶なる毒が。

「ああ、たまらないね」

風が荒ぶ。玄雲が月を喰らう。まもなく嵐になるのだ。鴆は煙管を喫《す》って、一重の双眸を毒々しく蕩けさせた。

「蔡慧玲。あんたは怨みという毒を御しきれるのか。或いは身のうちから毒に喰われるのか。実に楽しみだよ」

第二章　炎華の后とアボカド乳酪

菊の風が吹く昨秋のことだった。

渾沌と称された皇帝が捕らえられた後、帝姫である慧玲と皇后は投獄を免除された。他ならぬ皇帝からの暴行により、両者が負傷していたためだ。なにより皇后には、反乱軍に抗《あらが》い皇帝を助けようとする意がいっさいみられなかった。

今晩、先帝の死刑を執行するとの報せを受けた時も、皇后は取り乱すことなく、それがあるべき帰結だというように神妙に頷いた。

その後、皇帝の処刑を待たずして、皇后は毒盃《どくはい》をのみ、命を絶った。

慧玲にある真実を打ち明けて。

それは、黄泉まで秘すべき毒の華だった。真実を知ってしまった慧玲は絶望のなかで毒をのんだ。だが幸か不幸か、彼女は死ねなかった。幼い頃から毒殺の危険にさらされては解毒を繰りかえしてきたせいか、毒のまわりが異様に鈍かったのだ。

哀しいのか、怨めしいのか。混濁する意識のなかでは、解《わか》らなかった。

ただ、帝に逢わなければならないと思った。

慧玲は宮廷の処刑場にむかって、黄昏の竹林を歩きだした。陰雲《いんうん》は青みがかって重く垂れさがり、何処までも暗いばかりの夕だった。

次第に季節はずれの雪が舞いはじめた。

慧玲は雪に凍てついた笹を踏み、時に転びそうになりながらも裸足《はだし》で進み続ける。

暮れふさがる白銀のなかで彼女は、現実とは想えぬものに会った。

龍を想わせる有角の頭、鱗に覆われた鹿の身。

麒麟だ。

麒麟は蹄《ひづめ》のある六脚を投げだして、静かに横たわっていた。鬣《たてがみ》のある首はぐったりと項垂れ、呼吸も細っている。光を帯びた青銅色の鱗は無残に剝がれ、水銀に似た血潮が溢れだしていた。

麒麟は国の護神《まもりがみ》だ。皇帝にふさわしき者が政をなすとき、麒麟はそれを助け、陰陽の統制をはかるという。

「……父様」

何処からか、処刑斧《しょけいおの》の響きが聴こえた。

処刑場までは遠く、人の耳に聴こえるはずがなかった。思わず振り仰げば、星の群が燃えながら天を裂き、落ちていくところだった。

麒麟は最後に哀しげな声をあげ、死に絶えた。

慧玲は同時に父帝の死を理解して崩れ落ちる。間にあわなかったのだ。凍てつく涙が頬にひと筋こぼれた。

慧玲は麒麟の骸《なきがら》に父の死を重ね、よろよろと近寄って触れた。その時だ。奇妙な力が慧玲の身のうちに流れこんできた。燃えさかるような異物感に侵蝕されて、慧玲は気絶する。

想いかえせば、あれが慧玲という姑娘にとっての終端《おわり》であり、すべての始まりだったのだ。

◇

華の宮に茹《う》だるような夏が訪れた。

後宮の夏は風鈴の調べと盛る花の香がする。

雪梅嬪の懐妊が公表されたのは雨の季節をすぎた頃だった。毒疫による暗い報せばかりが続いていた宮廷に久方振りにもたらされた吉報は、たちまちに都をかけめぐり、後宮を賑《にぎ》わせた。

「雪梅嬪。ご懐妊、おめでとうございます」

慧玲は病後の経過を確認しに雪梅の部屋を訪れていた。雪梅は変わらず紅の華やいだ服に袖をとおしていたが、妊娠五カ月をすぎ、胎が膨らんできたので、さすがに帯で腰を締めあげることはしていない。

「いやだわ、そんなふうにあらたまって。……無事に公表できるのも貴女のおかげよ」

裙の裾から覗く雪梅の素脚には、梅は咲いていなかった。

むし暑い部屋に梅の香はせず、涼を感じさせる香がたかれている。

「後は胎の御子が健やかな男児であることを祈るばかりだわ」

慧玲が脈を取れば、胎に宿っているのが男女のどちらか、九割がた判《わか》るが、敢えてなにも言わずにおく。口は禍のもとだ。

「それにしても貴女、相変わらず紅もつけていないのね」

雪梅から思いも寄らぬことを言われて、慧玲は睫をしばたたかせた。

「私は食医ですから、紅は不要かと」

「食医であるよりもさきに、妃妾でしょう――貴女は肌が白すぎるんだから、紅くらいはつけないと貧相だわ。ほら、唇をむ、ってしなさい」

「え、あの、雪梅嬪……」

緑絹の袖をひかれて、抵抗する暇もなく口紅を施された。鏡を差しだされる。そこには華やいだ姑娘の顔が映っていた。唇が真紅に艶めいて、さながら芍薬だ。

「貴女、自身も華だという自覚があって？」

あるはずがなかった。そもそも慧玲は皇帝の妾《めかけ》ではない。慧玲が黙っていると、雪梅はため息をついた。

「あきれた。一度くらいは恋をしてごらんなさいよ」

「はあ……恋、ですか」

なんでいきなり、恋の話題になるのか。

恋愛なんて考えたこともなかった。そんなものに時間を費やすくらいならば、蛇を捕獲する罠《わな》でも編んでいるほうがよほどに楽しい。

雪梅は含みのある微笑を浮かべる。

「恋はいいわよ。明けそめるほどに喜びに満ちていて、燃えるほどに怨めしいものだもの」

彼女は皇帝の華でありながら、許されぬ恋に身をやつした経験がある。恋が毒と転じて、その身を梅に侵されたのがほんの春のことだ。

それでよくも、他人に恋を推せるものだ。慧玲にはいまひとつ理解ができない。

廻廊のほうから騒々しい声が聞こえてきた。

「いけませんってば！　今は雪梅様の診察中ですから！　いくら季妃様とはいえども部屋にお通しするわけには」

雪梅つきの女官である小鈴の制止もむなしく、障子が乱暴にひらかれる。

「食医、いるかい」

　現れたのは胡服を着こなした美女だった。この後宮において、華やかな裙ではなく素朴な袴《はかま》を穿《は》いているのは彼女くらいだ。

「許可もなく部屋にあがられるなんて、失礼ではありませんこと？　衣服を崩しての診察でしたら、いかがなさるおつもりでしたの、夏妃《かき》様」

　雪梅が襦裙の裾を正して、きりりっと睨みつける。夏の妃――凬《フォン》は肩を竦めて、笑った。

「そんなに怒らないでおくれよ。女同士なんだ、気にすることはないさ」

「貴女様はお気になさらなくとも、私は気になります」

「雪梅嬪は気難しいな。まあ、今後は気をつけるから、勘弁してくれ。ちょいと一刻を争う事態でね」

　凬は慧玲にむかって言った。

「おまえさん、大狗《いぬ》は診れるかい」

◇

　夏の宮は池の上に建てられている。

　橋はあるが、移動のほとんどは小型の猪牙舟《ちょきぶね》に乗っておこなう。池には赤や青、黄の睡蓮が咲き群れ、齢百を超える錦の鯉《こい》が舞っていた。池に浮かぶ宮のなかで最も大きな建物が夏妃の宮だ。季妃の宮にある中庭は島になっており、馬や鶏、羊などの家畜が飼われていた。すべて凪が故郷から連れてきた家畜たちだ。

凪は大陸の南部にある山脈に根差す土着の部族の出身だ。山脈にはふたつの部族がいた。馬を駈《か》る《坤族《クン》》と、鷹《たか》を操る《昊族《ハオ》》である。凪は坤族の娘だ。産まれた時から馬とともに育ち、五歳を迎えたら馬に乗る。馬は家族の一員であり、人生の伴侶に等しい。他の家畜もまた同様で、坤族が嫁入りする時は一家の家畜を最少でも九頭は連れていくのが習わしだという。

凪が診察を依頼してきた大狗《おおいぬ》もその時に連れてこられた一頭だ。このあたりでは見掛けない大型の犬で、狼《おおかみ》ほどはある。

「朝から飯を食わなくてね。暑さでへばっているにしては様子が変だ」

「これは毒ですね」

大狗を診た経験はないが、とめどなく溢れる涎《よだれ》、眼の充血などをみるかぎりでは毒をのんだとしか考えられなかった。

「毒を盛ったやつがいる、ということか」

凪の眼差しがとがる。

「いえ。おそらくは、そうではありません」

「でも、誰かに盛られないかぎり、そうそう毒なんか」

慧玲が大狗に吐根《トコン》で造った催吐剤を飲ませた。大狗はもだえながら、うす紅の花の塊を吐きだす。慧玲はためらいなくそれを舐め、毒物を確認する。横で鳳が仰天していた。

「……夾竹桃《きょうちくとう》ですね」

「そんなものが毒になるのか」

中庭にはないが、夏の宮を華やかに飾る植物のひとつだ。散歩の時にでも誤食したのだろう。

「家畜だけではなく、人にたいしても猛毒です」

「おまえさん、そんなものを舐めてだいじょうぶなのか」

「私は毒に慣れていますので。大狗の体重からして致死量には達していないと思いますが……馬の赤身などの滋養のあるものを食べさせ、しばらくは安静にさせてあげてください」

「恩にきる」

足許に大狗がすり寄ってきた。鳳は安堵したように微笑んだ。

「おまえさんは、こいつを怖がらないんだな」

「特には」

「そうか、頼もしいな。ここの女官たちは動物に慣れていないのか、鶏にも触れない始末でね」

視線をむければ、女官たちが悲鳴をあげながら鶏に追いかけまわされていた。

鶏といっても凪が連れてきたドンタオ鶏は家鶏の二倍、人間の子どもほどの体長がある。鱗に覆われた隆々たる肢《あし》などは竜を想わせる迫力で、女官が怖がるのも頷けるが、慧玲の頭にあるのは別のことだった。

「ドンタオ鶏はおいし……いえ、可愛らしいですよね」

「わかってくれるか！」

凪は鶏を抱きあげ、瞳を輝かせた。

「こいつは特によく育った鶏でな、どっしりとした肢のたくましさはいつみても惚《ほ》れ惚れとするよ。さながら、鍛えあげられた英傑だ。だが、屈強ながら真っ赤な肉瘤《こぶ》から突きだした嘴《くちばし》は愛らしくて、つつかれるとわかっていても、撫でずにはいられない！　はは、そうか、これの可愛らしさがわかるなんて、おまえさんはすごいな」

凪は興奮してまくしたてていたが、慧玲は食べることしか考えていなかった。これだけまるまると育っていたら、生姜をいれて鍋で煮こむだけで最高に旨い薬膳になるはずだ。

女官たちは家畜の面倒をみることに辟易している様子だが、ひとりだけ手際よく馬に櫛《くし》をいれている女官がいた。背は低く、赤い髪を三つ編みに結わえている。

「彼女は昊族なんだ。故郷から連れてきた」

慧玲が思わず瞳を見張った。

「意外かい」

「失礼ながら。坤族と昊族は争いを続けていると聞き及んでいたもので」

坤族は大地の神を敬うが、昊族は空の神を崇《あが》める。それゆえ前者は馬を愛し、後者は鷹とともに暮らしてきた。重ねて外見にも大きな違いがある。坤族は凮のような重さのある黒髪をしているが、昊族は乾いた赤髪だ。

ふたつの部族は山脈をはさんで南北に分かれ、紛争を繰りかえしてきたという。

「いいや……争いは、終わったよ。陛下が終わらせた」

凮の声は静かだった。

「だから、アタシがここにきたのさ」

今春、現皇帝は領土を拡げるべく山脈に軍を進め、昊族を征服して坤族と盟約を結んだ。山脈を統轄したことで今後は鉱物が採掘でき、財政も潤うと宦官たちが話していた。その割には税がさがったという話は聞かないのだが――

坤族の盟約の証として後宮に遣わされたのが凮だ。

「アタシはかねてから、坤族と昊族がひとつになることを理想としていた。幾百年にわたって続いてきた民族の確執は易々《やすやす》とは取りはらえないが……帰るところを失った彼女のことが、どうにも哀れでね」

凪の差別意識のなさは昊族にたいしてのみならず、慧玲に接する際の態度にも表れていた。こんなふうに気さくに喋りかけてくれる妃嬪はそういない。

「その昔、旅をしていた頃に一度だけ、山脈を訪れたことがございます。塩湖群《えんこぐん》が階段のように列《つら》なる風景は、さながら蛟竜《みずち》が横たわっているかのようで、自然とはかくも雄大なものかと感銘を受けました」

「そうか、おまえさんも竜だと想うのか。昊族はあれを天の龍が涙を流した跡だという。坤族は伏龍が地の底で眠っている証拠だという。人の想うところは、たいして変わらないものだな」

遠き故郷を偲《しの》ぶように凪は雲ひとつない青空を仰ぐ。

「それにしても旅か。いいねえ。食医の知識は旅のなかで培ったものなのか」

「そんなところです」

極寒の海で流氷と一緒に漂流したこともあれば、砂漠で生薬になる花を探して延々と歩きまわったこともある。それでも辛《つら》いとは思わなかったのは、絶えず側に母親がいたからだ。

振りかえれば、いつだって、ひとりだったことはない。

だが、いま、彼女はひとりぼっちだ。胸に風の吹きこむような心地になった。孤独感なんかはとうに捨てた。それは毒となる。捨てなければ、ならないものだ。

愁いを振りはらって、慧玲は晴れやかに微笑みかけた。

「不調があれば、いつでもご用命ください」

「助かる。ああ、そうだ。夏になってから、ちょいと熱っぽいんだが良い薬はないか。山脈にくらべて後宮は暑いからね」

触診で熱を測れば、確かに凪には微熱があった。火邪《かじゃ》だろうか。

「後日、薬を調えて参ります」


帰りの船つき場にむかう九曲橋《きょくばし》ですれ違った女官たちがひそひそと噂をしていた。凪様という言葉が聞こえて耳を傾ける。

「凪様は、ほんとにいい妃様よね。偉そうに命令したり、無理難題を吹っかけてきたりしないし……家畜さえ連れてきてなかったら、もっとよかったんだけど」

「あ、あと……ほら、なんか、臭いのよね」

女官たちも気づいていたのかと慧玲は表にはださず、苦笑いをこぼす。

家畜臭が移っているのもあるだろうが、韮のような体臭がある。後宮の妃嬪たちはめったに大蒜や韮を食さない。民族の違いが食にも影響しているのだろうか。

大蒜や韮は身体を温める効果があるが、食べすぎるとのぼせて不調をきたす。日頃から食べているのだとすれば、火邪に侵されるのもわかる。

にわかに風が渡り、風鈴がいっせいに音を奏でだす。軒端という軒端に吊るされているので、些《いささ》か騒々しいくらいだ。風鈴を飾れば飾るほど、暑さがやわらぐわけでもないだろうに。今夏は特に、暑さのあまり体調を崩す妃嬪がたくさんいるとか。

これだったら、檸檬《レモン》と梅干と蜂蜜を漬けこんだ飲み物を飲むほうがよほどにすっきりする。確か、調薬のために取り寄せてもらった檸檬の残りがかなりあったはずだ。

風に運ばれてきたのか、雲がひとつ、またひとつと群れだす。にわか雨が降りだしそうだ。それまでには帰って、飲み物で喉を潤そうと、慧玲は渡りの船に乗った。

残念ながら、雨は帰路のなかばで降りはじめた。葉桜の枝さきで雫が弾けたと思ったのがさきか、桶をかえしたような驟雨《しゅうう》になる。

妃嬪の部屋は屋根つきの廻廊で繋がっているが、近道を選んで庭に降りたせいで雨宿りできる軒がない。いきかう妃妾たちが傘を広げ、雅やかな油紙の華が咲き群れる。

「まあ、あれをご覧になって。さながら濡れねずみですわ」

通りすがりの妃妾が指をさしてきた。頭が傾ぐほどに髪飾りをつけ、うす紅に青というやたら派手な配色の襦裙に袖を通している。世辞にも趣味がいいとは言えなかった。

「陛下から慈悲をかけていただいて、後宮食医になったのでしょう？　罪人の分際で……あんな下等な者に薬を頼むくらいなら、死んだほうがましですわ」

「胡蝶《フウディエ》様の仰せのとおりです。毒ならばまだしも、薬なんて」

妃妾たちはみじめに濡れそぼる慧玲を嘲笑《あざわら》いながら、通りすぎていった。

さすがにむっとする。言いかえしても勘気に触れるだけなので、慧玲は心のなかで傘が破れたらいいのに、と毒づく。何処かの木の根かたにでも身を寄せられないかと探していると、背後から傘を差しかけられた。

虚をつかれて、振りかえる。

「やあ、久方振りだね」

「……鴆」

黒絹の漢服に身をつつんだ青年がたたずんでいた。後宮の華も恥じらうほどの秀麗なる風貌に紫がかった霊妙な双眸。妃妾たちならば一瞬で恋に落ちるが、慧玲は咄嗟に緊張を張り巡らせた。

彼は風水師をよそおっているが、その素姓は毒を扱う暗殺者なのだ。

「あれから、風水師の仕事がいそがしくなってね。春の終わりに、左丞相が不幸にも毒蜘蛛に刺されて命を落とされただろう？」

左丞相の訃報を耳にしたとき、慧玲はすぐに鴆の仕業だと直感した。依頼者を暗殺することで、彼は完全に風水師として宮廷に紛れこむことに成功したのだ。

「毒蜘蛛が侵入するというのは風水に綻びがあるせいだと上申したら、宮廷の風水を細部まで確認するよう、依頼されてね。ちょうど昨日から後宮の調査が始まったんだ」

「おまえ、なにをたくらんでいるの」

慧玲が瞳をとがらせた。鴆はふっと毒っぽく微笑みかける。

「そんなに恐い瞳《こわめ》をしないでくれよ。僕は動いていないよ、いまのところは、ね」

傘を差しだす袖から猛毒の蛇が頭を覗かせる。そこらの娘ならば、悲鳴のひとつでもあげるところだが、慧玲は眉ひとつ動かさなかった。

「だが後宮にきてから、どうにも蟲たちが落ちつかない。僕の蟲たちは毒に敏感だ。おそらくは、後宮に毒物がもちこまれている」

「いったい誰が毒を」

「さあね。僕には関係のないことだ。けれど貴女は毒に好かれやすい。毒のほうから寄ってくるんじゃないか……ああ、それと」

袖をひき寄せられ、旋風《つむじかぜ》のように唇を奪われた。

痺れるような熱。毒の灼熱感だ。

「どういうつもり」

思いきり突きとばしてから睨みつければ、鴆は彼女の唇を指さしてきた。

「誘われているのかと想ったんだけど、勘違いだったか」

雪梅嬪に紅を施されたことを想いだす。

「ばかなことを言わないで」

「僕だけじゃないさ。後宮とはいえ、宦官がいる。彼らはそう想いかねない」

「渾沌の姑娘に好意を寄せる男なんか、後宮にはいないでしょう」

ため息をついた。誰もが視線が合っただけで、呪われるとばかりに逃げだすというのに。彼は余所者《よそもの》だからわかっていないのだ。

げんなりしていると、鴆は肩を竦めた。

「いいじゃないか。僕は、貴女を気にいっているんだよ。僕と接吻《くちづけ》をしても、毒に侵されないのは貴女くらいのものだからね」

「私は、おまえのことなど、好いてはいないのだけど」

そもそも、死にはせずとも、毒に侵されないわけじゃない。いまだって、彼の毒で指さきが痺れだしている。最悪だ。

脈が、どくどくと弾ける。じきに解毒できるだろうが――

「今度こんなことをしたら、舌をかみちぎってあげる」

「それは熱烈だな。楽しみにしているよ」

鴆は愉快げに唇の端を歪ませる。

宦官が側を通りがかった。

鴆は一瞬でぱっと風水師らしい穏やかな微笑にきり替え、傘を渡してきた。慧玲は戸惑い、身を退きかけたが、強引に押しつけられる。風水師と口論をしていると思われては面倒なので、諦めて受け取った。

「それじゃ、仕事頑張ってね、食医さん」

鴆は袖を振り、振りかえることなく嵐のなかを遠ざかっていく。

ほんとにつかみどころのない男だ。

唇に触れる。まだ微かに熱が残っていた。毒によるものに違いない。ほんとうについていないと慧玲はため息を重ねた。

◇

「薬を調えて参りました」

大狗を解毒した翌日、慧玲は朝から夏の宮を再訪した。蒸籠《せいろ》のついた天秤棒《てんびんぼう》を肩に担いで。医官とは思えないその格好に、凬が盛大に噴きだしたのは言うまでもない。

「麵か」

「蕎麦《そば》でございます」

「へえ、蕎麦というと温かいものだと思っていたが」

慧玲が調えてきた蕎麦は、水をくぐらせて締めた冷たい蕎麦だった。魚介のだしに薬味の山葵《わさび》がついている。暑さに茹だる夏でも食欲がそそられた。

蕎麦をだしに浸してから、ひと息に啜った。

「……旨い」

凮は喋る暇も惜しいとばかりにまた頰張る。

蕎麦からは芽吹いたばかりの草を想わせる香りが漂ってきた。こしのある細麵は喉ごしもよく、魚介と昆布でしっかりと取られただしに絡む。

「こんなに旨くて、ほんとに薬になるのかい」

「旨いものこそが薬です」

慧玲はきっぱりと言いきった。

「こちらの蕎麦には柴胡《サイコ》や黄芩《オウゴン》などを練りこんであります。凮妃の御身は現在、火が強くなりすぎて水を侮るほどになっております。柴胡、黄芩には昔から火の毒を解毒する効能があります」

凮は感心して、頷きながら聞いていた。

「何食分か打ちましたので、三日ほど続けてお召しあがりいただければ、解毒できるかと思います」

「なるほど。他に気をつけることはあるかい」

「お茶ではなく、水を飲まれることをおすすめいたします。あとは……失礼ながら大蒜、生姜、唐辛子を日頃から多量に取られているということはございませんか」

「……う」

凮が言葉をつまらせた。

側にいた女官がここぞとばかりに声をあげた。

「そうなんです！　後宮の味つけでは物足りないと、粥であろうと麵であろうと、すりおろした大蒜をたくさんまぜられて！　そんなにいれたら、御身に障りますよと申しあげていたのですが」

「そ、そんなにたくさんはいれてないだろう」

「いえ、もとの味がわからなくなるほどには」

他の女官にもあきれぎみに言われて、凮は肩を落とした。

「わかった。今後はひかえるよ」

女官たちが喜びあう。……さすがに直接訴えることはできなかったが、よほど臭かったのだろう。

蕎麦を食べ終わった凬は「おかわりはないのか」と言った。

「薬はたくさん食べれば効果が増すというものではありませんので」

慧玲は苦笑したが、凬はいや、と首を横に振る。

「昊族の女官がいると言っただろう。彼女にも振る舞ってやりたい。私が誘って、一緒に大蒜を食べていたから、彼女にも火の毒がたまっているかもしれない」

「承知いたしました」

昊族の女官は名を依依《イーイー》といった。

三つ編みにされた赤銅色の髪は昊族の証だ。依依は蕎麦をみるなり、おさげを振りまわして奇声をあげた。

「ひっ、こ、このようなもの、わたしのような卑しい女が食べていい食事ではございません……わたしは、蒸籠の裏にひっついたもので結構です、あぁぁ」

ごつんごつんと板張りに額を打ちつけだす。

慧玲はなにか儀式でも始まったのかと怯んだが、凬は慣れているのか、あきれながら依依に語りかけた。

「いつも言っているだろう。ここにはおまえさんを悪くいう輩《やから》はいないよ。おまえさんは季妃の女官だ。胸を張っていいんだ」

依依は泣きながら震える手で箸を取って、蕎麦を食べはじめた。はじめは遠慮がちだったが、よほどに旨かったのか、最後はりすのように頰を膨らませて大胆な食べっぷりだった。

ひとつ、気になったことがある。依依が旲族ならば、旲族の集落で暮らしていたはずだ。だが、彼女の様子をみるかぎりでは、日頃から差別を受けていたように感じる。坤族の集落に逃げこんだせいだろうか？

髪のあいまから覗く依依の耳には塞がりかけた傷があった。暴力でも受けていたのだろうか。詮索するべきではないと思いつつ、慮らずにはいられなかった。

食事を終えて、大狗の診察にむかう。

凬は昼から季妃の茶会があるそうで、依依が診察に立ちあうことになった。

「あの」

「ひぃっ、申し訳ございません！」

声を掛けただけで依依は悲鳴をあげて、縮みあがった。慧玲が渾沌の姑娘だからか、そもそも誰にたいしてもこんな調子なのか。

「謝らないでください。朝のご飯は食べましたかと伺いたかっただけなので」

「えっ、ふぁっ、有難くも、卵を落とした粥をいただきました……」

「その……依依様ではなく、大狗のことです」

「申し訳ございません！」

依依は草地に額をつけて、謝罪する。

非常にやりにくい。急いで診察を終えて帰ろうと慧玲は固く誓った。

「脈、熱ともに問題ありませんね。無事に解毒できたようです」

「あぁ、よかった……」

依依は泣きながら喜ぶ。もうだいじょうぶだよと愛しげに大狗の頭を撫でまわした。

「可愛がっておられるんですね」

「凩様のたいせつな家族ですから。死んでしまったら、どうしようかと思っていました。凩様が傷つくのは……つらすぎます」

「凩妃のことを慕っておられるのですね」

実をいえば、意外だった。勝者側である坤族の凩は昊族にたいして哀れみも抱けるだろうが、敗者が抵抗なくそれを受けいれられるとは思えなかったからだ。

「凩様は……命の恩人なのです。あのような御方は他にはおられません。……わたしは産まれつき、髪がくすんでいて。……昊族は……ほんとうならば、もっとあざやかな紅の髪であるはずなのです」

彼女は喋りながら、暗い赤髪を握り締めた。みずからを縛りつけるいまいましい綱に爪を喰いこませるように。だが指をふっと解く。

「ですが、凬様はこの髪を褒めてくださいました。ふたつの部族をひとつにしたような髪だと。そうして、それがあるべきかたちなのだと。凬様は仰せになられました。神話によれば、山脈に根づいたふたつの部族は、もとはひとつだったのだといいます。わたしは字を勉強していないので、神話を読むことはできませんが」

頰を紅潮させ、たまに言葉をつまらせながら、依依は懸命に喋った。

「もともと、ひとつだったものは、離れ離れになっても、またいつか、かならずひとつになるはずだと――それが、凬様の望みでした」

ですが、と声が落ちた。

「昊族は滅びました」

「滅んだ？　敗けた、ではなく？　どういうことですか」

皇帝が昊族を制圧したと聞いてはいたが、まさか民族浄化までおこなわれていたのか。

「残ったのは……わたしだけです」

「……左様でしたか」

皇帝を怨んでいますか、とは問わなかった。

「凬妃が素晴らしい人徳者であることは、私も感じています。私は疎まれものですが……凬妃は寛大に受けいれてくださっています」

依依は嬉しそうに頷き、はにかむ。

「……だから、わたしは凬様には幸せになっていただきたいのです」

申し訳ございません……と最後に癖のようにつけ加えて、依依は言葉の端を結ぶ。

あるじの幸福を祈るその言葉はやけに重かった。

唐突に日が陰った。振り仰ぐと大きな翼を拡げた鳥が、日を横ぎっていったところだった。耳慣れない鳥の声が夏の晴天になぜか哀しく響いた。

◇

笹の葉にほたるが舞う。

日が差さないからか、夏でも離舎は肌寒かった。竹葺《たけぶ》きの屋根に土壁の、質素な離舎には風鈴もない。晩ともなれば、時々ほととぎすの声が聞こえるだけで、あたりはしんと静まりかえっていた。

月明かりの窓べに身を寄せて、慧玲は薬碾で植物の根を碾《ひ》いていた。ふと視線をあげて彼女は手をとめる。何者かが離舎にむかってきていた。微かだが、嗅ぎなれないにおいを感じる。

慧玲は身構えつつ、戸から外を覗いた。誰もいないと思い、緊張を解いたのがはやいか、物陰から何者かがつかみかかってきた。悲鳴もあげられず縄で喉を締めあげられる。暗殺者だ。慧玲は抵抗しようともがいたが、男の腕力には敵《かな》わない。毒には強くとも、慧玲はただの娘にすぎないのだ。意識が霞《かす》む。

その時だ。うっと暗殺者が呻《うめ》き、縄が緩んだ。解放された慧玲は地に膝をつき、噎《む》せながら呼吸をする。倒れた暗殺者の衿もとから、ぞろりと毒の蜈蚣《むかで》が這《は》いだしてきた。

「彼女は僕の、だ。下等な暗殺者ごときが摘んでいい華じゃない」

離舎の屋根から鴆が降りてきた。

「……なぜ、私を助けるの」

「言っただろう。僕は貴女が気にいったんだよ」

鴆は息絶えた暗殺者を踏みつけ、口の端《は》をつりあげた。いやな予感をおぼえて慧玲は立ちあがり後退《あとずさ》ったが、後ろは壁だ。真横に逃れる隙もなく脚で退路を塞がれる。

「だったら、愛とでも言っておこうかな。女が好きなやつだよ。これだったら、納得できるんじゃないか」

麗しの風水師に沸きたっていた妃嬪たちであれば、今頃はへなへなと崩れて、魅了されていたに違いない。だが、残念ながら彼女は慧玲だ。

「まったく、これっぽっちも、納得できるものですか」

彼女は思いきり、鴆のつまさきを踏みつけた。

鴆は眉の端も動かさない。革靴になにかを隠しているのか、異様なほどに硬く、慧玲が体重をかけた程度ではへこみもしなかった。悔しまぎれに腕を振りおろせば、難なく握られて今度こそ捕らえられた。

「冗談はさておいて、貴女みたいな毒はそうはないからね。そこらの暗殺者に殺されるなんて、くだらない死にかたをされたくないんだよ。死に絶えるなら、その身の毒に蝕まれ、地獄の底で息絶えてほしい」

猟奇じみた毒の双眸がせまる。

「貴方は地獄に咲くのがふさわしい」

愛にはほど遠い呪詛《じゅそ》だ。ともすれば、怨んでいるかのような。それでいて、彼の眼差しは奇妙な愛しさを帯びていた。

なにを考えているのか、まったく読めない。慧玲が言葉をかえすまでもなく鴆が身を離した。誰かが笹を踏みわけ、こちらにむかってくる。ほたるの群を散らして、提燈が揺れた。

「騒々しい晩だね」

鴆はやれやれと言いながら、暗殺者の亡骸を肩に担ぎあげ、その場から消えた。

「蔡慧玲」

女官だ。提燈の文様から皇后つきの女官であることがわかる。ひどく青ざめて、取り乱していた。

「蔡慧玲、ただちに貴宮に渡れ。皇后陛下が――」

◇

貴宮に渡った慧玲は、皇后の寝室に通された。

寝室に足を踏みいれたのがさきか、慧玲は尋常ではない暑さと煙臭さに息をのむ。

大理石造の部屋で何かが、青々と燃えていた。

「――皇后陛下」

裸で横たわる欣華皇后がいた。

素肌は絹のかわりに青く燃える火を帯び、うす昏《くら》がりにその華奢な輪郭が浮かびあがっている。

皇后が燃えている――女官から報せを受けたとき、慧玲はにわかには想像がつかなかった。白澤の知識としてはそのような毒があることを知っていても、実際にそのような患者を診たことはなかった。

欣華皇后は息も細く、苦痛を堪えるためか、膝をかかえてぎゅっと身を縮めている。

ぎりぎりと燃える紙縒《こより》にでもなってしまったかのようで傷ましかった。

部屋に飾られていた月季花の花びらが熱風で舞いあがった。皇后の肌に触れた花びらは一瞬で燃え落ちる。おおかた、まとっていた服も燃えてなくなってしまったのだろう。

「服から薬まで、触れるものをことごとく燃やしつくしてしまわれるのだ。水桶につかれば、すこしはやわらぐかと思ったが……すぐに煮えたち、蒸発させてしまって」

強すぎる《火の毒》は水を侮る――

慧玲の頭のなかで竹簡がはたはたと捲《めく》れる。

火毒《かどく》。これには、人の身だけがこつ然と燃えてしまうものと、その者が触れたものだけが燃えあがるという二種の毒があった。

「でも貴宮に地毒が現れるなんて――いったい、なぜ」

貴宮は風水で護られているはずなのに。いや、考えるのは後だ。

事は一刻を争う。

慧玲は側にいた女官に声を掛けた。

「塩をもってきてください！　できれば、岩塩がよいです」

女官が慌てて岩塩を運んできた。慧玲は塩の塊を砕き、飴《あめ》だまほどの大きさにしてから皇后に差しだした。

「どうか、口に含んでください」

皇后は意識がないのか、動かない。

「失礼します」

慧玲は火傷《やけど》をかえりみず、皇后に触れて強引に口をひらかせ、岩塩を放りこんだ。塩は燃えることがなく、温度をさげる効能もある。舌で転がしているうちに熱がさがりはじめた。

皇后が微かに瞼をひらいた。女官たちは「皇后様！」と慧玲を突きとばして側に寄る。

「皇后様、よかったです……意識を取りもどされて」

「……ありがとう。心配をかけて、ごめんなさいね」

こんな時でも他者をねぎらう皇后の人徳に、女官たちは感涙にむせぶ。

「皇后様になにかあれば、私も命を絶ちます……」

「私もでございます。どうかお側に……」

仙女を想わせる風姿《ふうし》に違わず、欣華皇后は慈愛に溢れている。女官たちの眼からは皇后のためならば殉死するという強い決意が窺《うかが》えた。

「慧玲」

皇后がおぼつかない様子で視線を動かす。

「はい、ここにおります」

「あなたを信頼しているわ。あなたならば、かならず、妾《わたし》を助けてくれると」

慧玲は畏まって、頭をさげた。

「お腹《なか》が、減ったの。おいしいものを調えてね」

皇后は微笑み、託すように瞳を瞑《つむ》る。

塩は解毒にはならない。熱をあげすぎないための一時《いちじ》凌《しの》ぎにすぎなかった。毒を解くにはなぜ、どのようにして、いかなる毒に侵されたかを解かねばならない。

後宮に毒物が持ちこまれている――

鴆が報せた不穏な言葉が耳に甦《よみがえ》る。後宮のなかは悪意という毒に充《み》ちている。もっとも妬み程度で皇后に毒牙を剝くような妃妾がいるとは思えなかった。よほどの怨みがないかぎり皇后に毒は盛れまい。皇后がそこまでの怨みをかうとは考えにくい。だが、皇帝にたいする怨みが皇后にむかうことはあるのではないか。

胸に刺さった棘のように思いあたることがある。いや、憶測だけで考えるのは危険だ。思索を絶つ。

いかなる毒かは、いまだにわからずとも。

「かならずや、薬を調えます」

◇

夏の朝は青い。

貴宮の帳が緩く解けだす。まだ鶏も鳴かぬ時刻だが、すでに提燈も不要なほどだ。貴宮の風水を検分するため、早朝から宮廷風水師が集められていた。なかには鴆もいた。

調査を終え、宮廷風水師たちはそろって頭を横に振る。

「調査したかぎりでは、東西南北いずれの風水にも綻びはございませんでした。この土地から毒疫が発生したとは考えられません。やはり、何者かが皇后陛下に毒を盛った、としか。訪問者はおられませんでしたか？」

妃嬪や女官、そして宦官は皇后陛下の許可がなければ、空でも飛べないかぎりは貴宮に渡れない。毒を盛れるとすれば、貴宮の女官だけということになる。

「七日前に陛下がお渡りになられただけです。よもや貴宮の女官に皇后陛下に徒《あだ》なすものがいるとでも」

女官たちがいきりたつ。

水晶宮に集められた風水師のなかで、鴆だけが何事かを思案するように黙している。

続けて、女官たちの視線は後ろにひかえていた慧玲にそそがれた。不届き者を睨む敵意の視線だ。

唇をひき結んでから、慧玲は苦々しく声をしぼりだした。

「こちらも成果はございませんでした」

毒のもとを解くため、皇后の身のまわりを調べさせてほしいと言ったとき、女官たちは慧玲をいっせいに責めたてた。貴き皇后陛下の私物を、渾沌の姑娘などに触れさせることはできないと。そんな女官たちを諌《いさ》めたのは他ならぬ皇后だった。

「妾が許すわ。……お願いね、慧玲」

だが皇后の厚意もむなしく、成果はあがらなかった。

「皇后陛下が日頃から身につけておられる服や笄、部屋の家具、身のまわりにある調度品、いずれにも毒はございませんでした」

食事には毒味係がついているため、毒を盛られたという線はない。

皇后の身を侵しているものは、あきらかに毒疫だ。誰かが貴宮に毒疫をもちこみ、皇后だけに影響が及ぶようにする――そんなことが可能なのか。

「っ、役たたず！ 恥を知りなさい。いま、この時にも皇后様はお苦しみになられているというのに！」

女官が涙ぐみながら声を荒げた。

毒を探しもせずに感情を剝きだしにして喚き散らすだけの女官をみて、慧玲は些かあきれる。ため息をつくわけにもいかず、天窓へと視線を逸《そ》らした。晴れた空を鳥が横ぎる。鴗もまたそれを視線で追いかけ、得心がいったとばかりに双眸を細めた。

「──風水には東西南北のみならず」

なおも感情的に叫んでいた女官を遮って、鴗が声をあげた。

「天、地がございます。……まずは屋根にあがらせていただいても？　ああ、ついでに食医を連れていっても宜《よろ》しいですか」

慧玲が咄嗟に「なぜ」と言いかけたが、飲みくだす。ここでは風水師である鴗のほうが遥かに身分が高い。しぶしぶ黙って、彼に従った。

◇

「抱いて」

誰もいない廻廊で、慧玲は鴗にむかって腕を差しだした。

緑の袖が風に揺れる。鴗が細い眉の端をあげた。

「おまえと違って、私は屋根になんかあがれないからね。言ったからには、おまえが運ぶの。いいね」

「貴女だったら意地を張って、僕の力なんか借りずにあがろうとするものだと思っていたんだけどね」

「むだな意地は張らない主義なの」

鴆は慧玲を軽々と抱きあげ、殿舎の屋根にあがった。

瑠璃の釉薬《うわぐすり》を施された屋根瓦は華やかで、真夏の日を受け輝いている。屋根づたいに移動し、皇后の眠る寝室の上部についた。皇后だけに毒の影響が及んでいるということは、皇后がひとりになる時間帯、つまりは睡眠時に暴露している可能性が非常に高い。

「予想どおりだ。ここだけ瓦がよごれて、あきらかに何かが撒《ま》かれた様子がある。一昨日雨が降ったのにもかかわらずだ」

慧玲は指で屋根をなぞって、ためらいなくそれを舐めた。砂を想わせる舌触りと微かなこげ臭さが拡がって、最後には灼熱感が残った。

「……なにかの燃え殻ね。動物の骨に植物。香りからすれば、柳と――」

緑の瞳を見張る。ついこのあいだ、舐めたばかりの毒だった。

「夾竹桃……」

夾竹桃は致死毒を有する危険な植物だ。特に、燃えた時にあがる煙と、燃えおちた後の灰には強い毒がある。細かな灰は屋根のすきまから部屋にも落ちていくはずだ。まさに不可視の毒となったそれを吸い続ければ、毒に侵される。

「でも腑《ふ》に落ちない。皇后陛下を侵す毒は間違いなく、火の毒だった」

夾竹桃の毒ならば、悪心、腹痛、嘔吐《おうと》からはじまって、眩暈、脱力、ひどい不整脈等の症状がひき起こされる。だがあんなふうに燃え続けるなど考えられない。尋常な毒ではなかった。

かといって、地毒は毒師であろうと造れるものではない。それに、これは造られた毒にしては、不純物がまざりすぎている。毒でありながら、呪いじみていた。

「夾竹桃の毒か。耳に新しいな」

「どういうこと」

「春に南部で征夷《せいい》があったのは知っているだろう。皇帝は坤族と同盟を結び、昊族を滅ぼした。だが、皇帝に民族浄化の意はなかった。昊族を根絶やしにしたのは軍ではなく毒の火だった」

毒の火。それが皇后を侵す《火の毒》の端緒ではないかと身を乗りだす。

「争いのさなか、昊族の領地で火があがった。発端は事故だったそうだ。皇帝の陣で燃やしていた篝火《かがりび》が倒れたとか。兵隊が松明《たいまつ》を落としたとか」

「軍が故意に火を放ったわけではないの？」

「九分九厘、ないね。坤族と同盟を結んだ段階で軍の勝利はきまっていた。そもそも、坤族の領地も燃えかねない」

不運なことに、と鴆は続けた。

「旲族は鳥を家族同然に愛していてね、鳥を捕食する蛇を嫌う。夾竹桃は毒だが、蛇にかまれた時の解毒薬になる。だから旲族は、家畜をかこむ柵や彼らの住居である幕包《パオ》の骨格を夾竹桃で組む――それが焼けたんだ。どうなるかはわかるだろう」

想像に難くない。火からは逃れられても、毒の煙を吸いこみ、旲族は命を落とした。

「火は、ふた月経った現在でも延焼を続けている」

早期に鎮火できなかった。それがまずは、第一の不運。続けて毒の植物に延焼した、これが第二の不運。重ねて今年は、雨季にもかかわらず日照りが続いた地域があった。その最たる地域が南部だ。これで三重の不運が重なったことになる。

「もっとも、ここまではただの毒だった。だが火は夾竹桃の群生地を過ぎてもなお、毒の煙をあげ続けている。毒ではないものが毒になる。これはまさに地毒だろう？」

強くなりすぎた火が他の要素を侮り、調和を崩して地毒となったのか。それとも旲族の死の穢れが毒をまき散らしたのか。

「だとすれば、これには旲族の遺灰が混ざっている？」

灰塵《かいじん》の積もった瓦に視線を落とす。だが、誰がどうやって、皇后の宮の屋根にこれを撒いたのか。

「……あの鳥……あれは確か、鷹だった」

慧玲がつぶやいた。

鷹は昊族が使役する鳥だ。生き延びた昊族が後宮に紛れこんでいる。

「犯人がわかったのか」

「おそらくは。でも、私の役割は犯人探しではない」

毒のもとは解けた。慧玲は唇をひき結んで、言った。

「皇后陛下を解毒する、食医の役割はそれだけよ」

◇

貴宮の寝室から、か細く歌が聴こえてきた。欣華皇后は火の毒に焼かれながら、遠ざかる意識を繫ぎとめるように歌を口遊んでいた。

「……欣華」

豪奢《ごうしゃ》な錦の冕服《べんぷく》をまとう皇帝が灼熱の部屋を訪れた。彼は白髪のまじった頭を垂れ、皇后のすぐ側で膝をついた。横たわる皇后にむかって手を差し延べる。

「ああ、まことに燃えているのか……なんということだ」

「……触れるのはおやめ」

皇后が歌をやめて、睫をほどいた。

「皇帝が手に傷なんかつけては、だめよ。あなたがやけどをしても、この毒は、どうにもならないのだから」

皇帝と接するにふさわしい言葉遣いではなかった。だが、それゆえか、言葉の響きは柔らかかった。

「すまぬ、欣華……そなたを護ることができず」

皇后は皇帝をみて、愛おしむように瞳を細めた。

「だいじょうぶよ、すぐに解毒できるわ。あの姑娘は毒を喰らう。鳳凰《ほうおう》の宿《やどり》だもの。ふふ……妾のいうとおり、蔡慧玲を処刑せずにおいてよかったわねえ」

細い声で歌の続きを紡ぐように皇后は言った。

「彼女は竹の実のようなものよ。でもまだ熟すには毒が足らない。あなたが彼女に渡してあげている毒だけでは、ね」

透きとおるような瞳に老いた皇帝の姿が映る。皇帝は縋りつくような声で囁いた。

「そなたの言《げん》はすべてが神託だ。なにもかも、そなたが望むようにしよう。あの姑娘が欲しいのならば、いつでもそなたに差しだそう。だからどうか、吾《われ》の側にいてくれ」

「ええ、側にいるわ。妾を毒から護れなかったことも……ふふっ、許してあげる。妾だけが、あなたを許すの……妾だけよ」

後宮の頂に咲き誇る華は微笑をこぼす。燃えさかる毒に侵されているとは想えないほど穏やかに、等しく慈愛を施すように。

◇

貴宮の庖厨で慧玲は頭を抱えていた。

塩を処方して熱がちょっとばかりさがったとはいえ、皇后の容態では食べ物を燃やしてしまいかねない。触れた水を蒸発させてしまうくらいだ。ならばどうすればいいのか。燃えない食べ物――と思案しながら、あれこれと食材を手に取る。いつだったか、様々な脂に蠟燭の芯を浸して、火を燈すという実験をしたことがある。牛脂、豚脂はもちろん燃え、魚油も燃え、橄欖《オリーブ》の油や椿油《つばきあぶら》も燃えたが。

「……ひとつだけ、燃えない果物があった……でも」

調達できるか。いや、してもらわなければ、こまる。

慧玲はすぐに女官に声を掛け、食材の調達を頼んだ。

「都の端から端まで探して調達させたが、このようにまずそうな果実が薬になるのか。鰐《わに》の革を剝いでかぶせたような、ああ、触れるのもおぞましい……こんなものを皇后様に食べさせるなど！　謀《たばか》りであれば、わかっているであろうな」

女官が顔をしかめて、果実が盛られた籠を突きだしてきた。

慧玲は丁重に頭をさげる。籠から取りだしたそれは、なるほど、爬虫類《はちゆうるい》を彷彿とさせる質感だった。

鳥はおろか、ほとんどの動物が中毒をひき起こす毒の果実だ。

だが、人間だけは、この果実を無毒にできる――

果実に一周切りこみをいれて、ぱかりとふたつに割った。なかに埋まった大きな種は庖丁《ほうちょう》で刺して取りだす。可食部は果物というには瑞々《みずみず》しさがなく、ねっとりとした感触だ。例えるならば、よく練った乳脂《バター》か。

種を取りのぞいたくぼみに乳酪《チーズ》を盛って、窯で熱する。焼きあがるまでのあいだに卵黄と酢と塩をまぜあわせ、蛋黄醬《マヨネーズ》をつくっておいた。乳酪と蛋黄醬の酸味には火の毒に侵されて乾いた肺を潤す効能がある。蛋黄醬をかけてから再度、こんがりとするまで焼いた。

「調いました。参りましょう」

「これは……」

見たことのない料理に皇后が声をあげた。

「燃えることのない薬膳、アボカド乳酪です」

ほどよくこげめがついた乳酪の乗ったアボカドは、調理前とは別物のように旨そうだった。後ろにひかえていた女官たちが思わず、涎をのみこむ。

匙ですくいあげると、乳酪が垂れて、とろりと糸をひいた。銀の匙でも皇后が握ると融けかねないので、女官が口もとに運ぶ。青ざめた唇を割って皇后が匙を頰張った。

熱い舌に乗せると乳酪がさらに蕩ける。

「……おいしい」

皇后が幸せそうに睫をふせる。

「こんな果物は……はじめてだわ。あまく、ないのね。でも、乳酪と一緒にとろける……植物の乳脂みたいだわ」

「仰るとおり、こちらは森の乳脂といわれています」

火の毒のもとは夾竹桃と骨の燃え殻だ。

夾竹桃の毒を解毒できる薬は、ない。

しかしながら、白澤の医においては、毒とは身のうちの調和を崩すため毒になると解く。夾竹桃の毒は筋肉の収縮、神経の働きを司る元素を欠乏させ、破壊する。これにより筋肉に異常をきたし、最悪の場合は心不全、呼吸筋麻痺に陥る。欠乏した元素を補充するには馬の赤身、甘蕉《バナナ》が最適だが、それでは燃えてしまう。

加えて骨。調べたところ、含まれているのは人の骨だけではなかった。焼け跡からかき集めたのだろう。特に昊族の飼っていた鳥の骨が多かった。火に強く、鳥にたいして毒となることで薬に転ずるもの――アボカドだ。そこに乳酪を乗せれば、最高の妙薬になる。

「……ごちそうさまでした」

皇后が薬を食べ終わったところで、身に帯びていた青い火がゆらりと躍った。転瞬の間、激しく燃えさかる。

女官たちが「皇后様！」と悲鳴をあげた。

勢いよく燃えあがったかと思いきや、青火はすうと細り鎮火する。部屋にこもっていた熱がふっとやわらいだ。

皇后は指を差しだして、飾られていた月季花に触れる。

「……あぁ」

花が燃えることはなかった。

「ありがとう……慧玲」

皇后は安堵の涙をこぼす。

滞りなく解毒できたのだ。

女官たちは歓喜し、嘆声を洩らしている。

「……あなたならば、いつか妾の脚もなおせるかしら」
自身の動かない脚を撫でながら、皇后はつぶやいた。
「この脚はね、あなたのお母様でもなおせなかったのよ。でもあなたならば、きっと
……子は親を超えていくものだもの」
慧玲は緑の瞳を見張って、戸惑いを表した。
慧玲が知るかぎり、母親に解毒できなかったものはなかった。
たったひとつの毒をのぞいて。
だが、他にもあったのならば、白澤の叡智をひき継ぐ姑娘が今、なすべきことはそれ
なのではないか。漠然とした使命感が胸に芽ばえた。
「……努めます」
お約束いたします、とまでは言えなかった。
いまだに母親の背は遠い。だが、いつかは。そう静かに望む。

◇

解毒を終えた慧玲は貴宮の橋を渡って、後宮に帰ってきた。

「お疲れさま、食医さん。解毒はうまくいったみたいだね」

さきに貴宮から帰還していた鴗が鳥籠を提げて、近寄ってきた。籠には鷹がいた。縞《しま》模様のある翼を持ち、いかにも知能の高そうな眼をした猛禽《もうきん》だ。

「鳥の捕獲が風水師の管轄だったなんて、知らなかった」

「鳥も風水に沿って動くからね。貴女は犯人探しに関心はないようだが、まわりはそういうわけにはいかない。ほら、予想どおり鷹の肢に革袋が括りつけられていたよ」

鴗は慧玲にも確かめやすいように籠を掲げた。

「ほどいてごらん」

紐を解けば、灰が溢れだした。吸いこんだ慧玲が咳《せ》きこむ。しかもこれは毒だ。みれば鴗はそれを吸いこまないよう、袖で口許《くちもと》を押さえながら距離を取っていた。

「だから私に紐をほどかせたの、おまえ」

睨みつけたが、鴗は悪びれもなく肩を竦めただけだった。

「この様子ならば、毒を用意した者も火の毒に侵されているでしょうね」

慧玲が鳥籠をつかんで歩きだす。

「何処にいくつもりだ」

慧玲が振りかえる。孔雀の笄を挿した銀の髪をなびかせて。

「私は食医よ。患者のところにきまっているでしょう」

◇

山脈の部族は風を聴けば、先の事が解るという。坤族はそれを地の報《ほう》だといい、昊族は空の識《しき》だと語った。ふたつの部族の思想は等しく、それゆえに争い合った。

猪牙舟がつく桟橋の先端に胡服の背がたたずんでいた。坤族が誇る黒髪を黄昏の風に遊ばせ、凬は物想いにふけっていた。側には依依が黙ってつかえている。燃える雲に視線を投げて、彼女は何を想うのか。いまは遠い故郷のことか。あるいは叶《かな》わなかった理想のことか。

「凬妃」

慧玲が桟橋のたもとから声をかけた。

「食医か」

振りかえった凬が瞳を見張る。依依がさあと青ざめた。鳥籠を突きつけて、慧玲は言った。

「これは、あなたのものですね」

鳥籠のなかで鷹が助けをもとめるように鳴いた。

「皇后様が毒を盛られました。その毒と同様の物が、鷹の脚に括りつけられた袋から検出されています。鳩《はと》ならばともかく、鷹を扱えるのは幼い頃から調教している昊族だけです」

「そんな！　なにかの間違いじゃないのか」

凬が信じたくないとばかりに声を荒げた。

「そいつは確かに依依の鷹だが……捕獲して、証拠物を括りつけた可能性だって」

「昊族の集落の燃え殻をつめて、ですか。皇后様を害したいのならば、もっと強い毒がたくさんあります。わざとこの毒を選んだのは、同族のように焼き殺したいという怨嗟によるもの。違いますか」

追いつめられた依依が泣き崩れた。

「そ……そう、です……わたしが皇后様に毒を盛りました」

慧玲は静かな眼差しで彼女をみる。

「いっ、一族を殺した皇帝と皇后に復讐をしたくて……っみんな、燃やされて……許せなかった。どんな処罰でも受けます……だから」

嗚咽《おえつ》をこぼしながら、依依は罪を認めた。凬がなにかを言いたげに唇をわななかせ、哀しげに視線を逸らす。

だが慧玲は頭を真横に振った。

「毒を盛ったのは依依様ではありません。だって依依様は坤族ですから」

これには凰も依依も絶句する。

「まずひとつ、馬や大狗を扱っていた時、依依様は家族に接するような手振りでした。昊族にしては慣れすぎています。それにくらべて、凰妃は一命を取りとめた大狗の頭を撫でることもしなかった。あれは、依依様の飼い犬です」

だとすれば、妙なところがある。大狗の誤食事件だ。

「依依様が昊族であれば、昊族の集落にある夾竹桃が大狗にとって毒になると知らないはずがありません」

ひと呼吸をおいて、慧玲はあらためて続けた。

「でも、それだけならば、ここまでは疑いませんでした」

慧玲は自身の耳を指す。

「依依様の耳に傷がありました。私は幼い頃、坤族の集落に留まり、その風習について教えてもらいました。坤族は産まれた時に耳たぶに穴をあけ、塩の結晶でできた耳飾りをつけるそうですね」

依依はしどろもどろになりながら、懸命に弁明する。

「違います。誤解です。これは、凰様にそろいの耳飾りをしたいと、ただそれだけで……た、確かにわたしの髪は……昊族にしては、暗いかも、しれませんが……でも」

「最後に」

退路を断つように慧玲が遮った。

「依依様はずいぶんと差別を受けてきたようですね。ですがその髪は、昊族のなかにいれば、それほど違和感のない色です。でも、坤族のなかでは赤みがかった髪は、いやでも視線を集めてしまう――違いますか」

依依は口ごもり、ついに項垂れた。慧玲は凬に眼をむける。

「凬妃。あなたが昊族ですね」

「依依のことはわかった。けれどアタシは紛れもなく、坤族だよ」

慧玲は静かに微笑み、鳥籠ごと鷹を水のなかに投げこもうとした。鳥籠を取りあげようとつかみかかってきた凬に慧玲は脚払いをかける。凬は躓《つまず》き、桟橋から転落した。

「凬様！」

依依の悲鳴は盛大な水音にのまれた。

水しぶきをあげ、凬は息も絶え絶えに浮きあがる。

「なにをする！」

「ああ、やっぱり、落ちましたね」

濡れた髪から滴る雫は黒かった。色落ちした髪は燃えるように赤い。昊族の色だ。そしてこれが凬が振りまいていた異臭のもとだった。

「韮と胡桃《くるみ》を砕いたもので髪をそめれば、誰もが艶のある黒髪になります。あなたはそうして坤族を偽っていた」

凬は橋脚にしがみつきながら、紅の落ちた唇をかみ締めた。そんな彼女を見降ろして、慧玲は畳みかける。

「髪色なんてどうにでもなるんです。ですが貴方がたの部族は、髪の違いにこだわってきた。黒髪ならば坤族、赤髪は昊族の証だとね。すると奇妙なもので、部族外の者も髪色でふたつの部族を分けるようになる。そうした心理をあなたがたは巧く操った」

腕を差し延べて、慧玲は凬を橋にひきあげた。凬は胡服の袖をしぼり、水を滴らせながら紅い髪を掻きあげる。

「そうだよ。アタシは——昊族さ」

依依がなおも喰いさがろうとするが、凬がそれを制し、眉尻をさげた。

「もとから、おまえさんに罪をかぶせて身替わりにするなんていやだった。アタシが昊族だと知られてしまったのなら、好都合さ——」

「そんな……わたしは凬様のためならば、いつだって命を捧《ささ》げます」

罪をかぶって死刑に処されることもいとわないと彼女は叫んだ。

「こんな髪に産まれついて、わたしは坤族に疎まれてきました。醜い髪だと。かといって昊族の集落にいくこともできず。でも、凬様だけがわたしの髪を褒めてくれた！　御恩に報いられるのならば、なんでもします」

「いや、恩を受けたのはアタシのほうだよ」

凪は緩やかに頭を振った。

「おまえさんと逢えたことで、ふたつの民族が等しく理解しあえる時はかならずくると、信じられるようになった。依依はアタシの希望だったんだ」

依依は坤族と昊族のあいだに産まれた姑娘だったのではないかと、慧玲は推察する。

凪は彼女の髪のみならず、ひとつに結ばれた血脈ごと肯定したのだ。

だが、凪の望みは絶たれた。

緩やかな瞬きを経て、凪の双眸がごうと燃えあがった。

「一族と山脈を焼き、ふたつの民族の希望を絶った皇帝を、アタシは許さない。なんにもなくなっちまった。家族も故郷も。産まれたばかりの赤ん坊だっていたのに。せめて鷹だけは、と逃がしても、煙にまかれてほとんどが落ちた。許せない……許すものか」

凪が呻いた。血を吐くように。

理解できない、はずがなかった。

あれは慧玲の胸でも絶えず、燃えさかる怨嗟の炎だ。

「ですが、あれは事故だった――」

「いいや、火災がなくとも、皇帝は昊族を滅ぼしただろう」

凪は言いきる。

「皇帝の関与によって、もとから険悪だった坤族と昊族の関係が完膚なきまでに崩れた。昊族は皇帝に服従した坤族を許さないし、坤族は後ろ盾を得たことで昊族にたいする弾圧を強くする」

もう終わりだと彼女は言った。

「燃えあがる昊族の集落から逃げ延びたアタシは髪を染め、坤族の振りをして、坤族の集落に紛れこんだ。昊族はひとつの集落に集まって暮らしているが、坤族は遊牧の民だ。いくつかの集落に分かれて暮らす。だから、アタシひとりが紛れても、ばれなかった。依依にもずいぶんと助けてもらったよ。すべては皇帝への復讐を果たすために。幸運にもその好機はすぐに巡ってきた」

そう、幸か不幸か。彼女は皇帝への貢ぎ物として選ばれ、後宮に迎えられることになった。

「後宮に入ってすぐ、御渡りがあったが……皇帝は、殺せなかった。あの男はたいそうな臆病者でね。閨《ねや》にも衛官をつける」

「だから、罪もない皇后陛下を狙ったのですか」

愛するものを焼かれるという同じ絶望を、皇帝に味わわせたかったのだろうか。

凪がひくりと頬を強張らせた。

「はっ、冗談じゃないよ。あれは、化生《バケモン》だ」

　思いも寄らぬ言葉に耳を疑う。

「どういうことですか」

「……アタシが教えたところで、おまえさんは信じやしないさ」

　諦めたように言って、凬は頰に張りつく髪を払いのけた。

「それでどうするんだい。告発してアタシを死刑にするかい」

「それは、私のなすべきことではありません」

　慧玲は静かに言った。

「私は食医です。あなたを解毒しに参りました」

　慧玲は鳥籠の裏に隠していた薬を差しだした。

　重箱に収められているのはアボカドの唐揚げだ。凬の微熱は、あきらかに毒によるものだった。だが、まだ触れたものを燃やしつくすほどには毒に侵されていないはずだ。

「怨みとは人が持ちうる最も強い毒です。あらゆる毒は薬に転じますが、怨みの毒だけはいかにあろうと薬にはならない。ましてその毒はあなた自身を蝕み、喰らう毒です」

　慧玲も毒に喰われそうな時がある。だから凬には毒に喰われてほしくはなかった。

「おまえさんは……罪人にも薬を差しだすのか」

　凬は眉を寄せながら哀しげに微笑んで、薬を受け取った。重たくなった髪からほたほたと濁った雫を滴らせて、彼女は項垂れる。

だが後悔をにじませたのはその一瞬だけだった。

胡服の筒袖を振って、鳳は重箱ごと薬を投げすてた。

慧玲は声ひとつあげなかった。こうなることはわかっていたからだ。ただ、瞳を細めて、鳳の選択をみていた。

「毒したものは毒されてしかるべきだ。だから、薬は要らないよ」

何処までも穏やかにそう言って、最後だけ、彼女は哀しいほど強く声を張りあげた。

「アタシは、永遠に怨み続ける――！」

捕吏《ほり》が押し寄せ、桟橋を取りかこんだ。鴆が報せたのだ。捕吏は鳳の髪をみて、わずかに困惑したようだった。

「鳳妃、皇后陛下暗殺の疑いで捕縛いたします。ご同行を願います」

その時だ。依依が隠しもっていた笛を吹いた。

昊族の笛だ。鳳から預かっていた物だろうか。

立ち続けているのがやっとなほどの旋風が吹きつけ、捕吏たちが竦む。燃える黄昏の雲を破って、とてつもなく大きな双翼を携えた鷹が現れた。

大鷹《おおたか》は鳳の服をつかみ、舞いあがった。

鳳は想像だにしていなかった事態に戸惑っている。依依が捕吏に取り押さえられながら叫んだ。

「凬様、どうかお逃げください！　貴女だけが、わたしの希望なのですから――」

突如として凬が燃えあがった。

誰もが一瞬、なにが起きたのか、理解できなかったはずだ。

慧玲だけが嘆いた。

ああ、火の毒だ――

燃える火群《ほむら》が凬の身を緩やかに包みこむ。

紐が焼き切れ、結わえられていた髪がほどけた。凬の髪が熱風にまきあがる。その様は翼を拡げながら緩やかに墜《お》ちていく火の鳥を想わせた。

凬は悲鳴をあげなかった。毒するものは毒されるべきだ。そう語った言葉のとおりに毒による火刑を受けいれた。

絶望する依依の絶叫だけが鷹の声のように哀しく響き続ける。

大鷹は最後まで、あるじである凬を離さなかった。熱に曝《さら》され、翼が燃えても、羽ばたき続けた。

一日《いちじつ》の盛りを終えた槿《むくげ》がしぼむように夏の華は燃えつきていく。水鏡に映る火の華は眩むほどにあざやかだった。

こうして、火の毒にまつわる事件は幕をおろした、はずだった。

◇

依依と凪が逢ったのは昊族が滅びる約二年前だった。

依依は産まれつきくすんだ赤銅色の髪をしていたが、これは黒髪を誇りとする坤族のなかでは異端であり、れっきとした一族の娘でありながら彼女は日々奴婢《ぬひ》のような扱いを受けていた。ある日、崖にある草を摘んでこいと命令された依依は、足を滑らせて谷底に落ちてしまう。日が落ちると、このあたりには虎が出没する。絶望する依依の耳に、誰かいるのかと呼びかける女の声が聞こえてきた。依依が助けを乞うと、女は大きな鳥に跨《またが》り、鮮やかな赤い髪をなびかせて谷底に舞い降りた。それが凪だった。

「ん、おまえさんは昊族かい？」

依依は思わず声をつまらせた。

相手は昊族だ。坤族だと知られれば、見捨てられるかもしれない。そうおもった依依は嘘をついた。

「は、はい、わたしも昊族です」

凪は「そうか」と言って、怪我《けが》をしていた依依を大鷹に乗せ、谷底から助けだしてくれた。だが、依依が部族を偽らずとも、凪は彼女のことを助けていただろう。彼女はそういうひとだと、依依は後に知ることになる。

鳥は雲を抜けて舞いあがり、空を飛んだ経験のなかった依依は慌てて凮の背にしがみついた。凮は「アタシは鳥を御するのが得意なんだ、落としたりしないよ」と笑いながら振りかえり、眼を見張った。

日にさらされた依依の髪が、朱殷《しゅあん》に濁っていたからだ。昊族であるならば、その髪は透きとおるような緋色《ひいろ》を帯びているはずだった。

「その髪――」

「ち、違います……わたしは坤族ではありません！　だって、わたしが坤族に受けいれられたことなんか、一度もないものっ！」

それはすでに助かるための嘘ではなかった。虐げられ続けた心の悲鳴だった。

「この髪のせいでっ、わたしは……」

喚きたてる依依にむかって、凮が腕を伸ばしてきた。いつもみたいに殴られると思い、依依は咄嗟に身を縮める。だが、凮は震える指で依依の髪に触れて、感慨に打たれたように息を洩らした。

「……綺麗だ」

依依は耳を疑った。

「そ、そんなはず、ないじゃないですか」

同族たちは口をそろえて蔑んだ。けがらわしい。坤族の恥だと。

依依はこの髪がきらいだった。こんな髪に産まれたことを怨み続けてきた。

だが、想いだす。あなたは、愛されて産まれてきたのよ──そう言い遺して、母親は逝ったのだ。依依が五歳の時だった。

「ほんとだよ。ああ、アタシが想い描いていた理想は、間違ってなかったんだ」

かみ締めるように凪はつぶやいた。

依依は熱い雫が頬を濡らすのを感じていた。

凪だけが、依依を認めてくれた。その時から、依依はこの命から魂まで凪に捧げると決めたのだ。

なのに、凪は死んだ。依依を遺して。

「凪様……」

捕らえられた依依は牢獄《ろうごく》の隅でひと筋の涙を落とし、暗い怨嗟に瞳を燃やした。

◇

「依依の処刑をただちに取りやめてください！」

後宮の西南には刑場がある。

表で裁くわけにはいかない妃妾や女官の罪を処するためにおかれたこの刑場が、最も盛んにつかわれたのは先帝の時代だ。先帝は罪もない妃妾たちを、続々と処刑した。

先帝の死後、慧玲はこの処刑場に連れてこられた。あの時のことを想いだすと、身が竦む。なるべく近づきたくはなかったのだが、背に腹はかえられない。

息をきらして駈《か》けこんできた慧玲をみて、官吏たちはあからさまに眉を険しくした。

「陛下がお決めになられたことだ。食医如《ごと》きが異を唱えるなど……」

「食医であるがゆえに、申しあげるのです！」

依依が皇后毒殺未遂の罪で火刑に処されることになったという報せを聞き、慧玲は青ざめた。罪人はおもに斬首刑となるはず。火刑はめったに執りおこなわれるものではない。皇后が受けたのと同じ苦痛を与えようという皇帝の私怨が如実に反映されていた。

かといって慧玲は、依依の減刑を望んでいるわけではない。

「火の毒に侵され、身のうちから燃えあがるのならば、まだいい。ですが火の毒に侵された者に外側から火を放てば、爆発し、毒の煙があがりかねません」

「なんだと？」

これには官吏たちも動揺をあらわにした。

「だが、今更、処刑を取りやめるなど……」

「刑を取りさげる必要はありません。一度診察させていただければ」

声を遮り、処刑の開始を報せる鐘が鳴り響いた。

藁や薪が燃える臭いが漂いはじめる。

慧玲は官吏たちでは埒《らち》があかないと、刑場に駈けこむ。刑場には火刑を見物しようとする妃妾や宦官が集まっていた。

いつの時代も暇をもてあましたものは処刑すら娯楽にするものだ。

強引に人垣を掻きわけながら慧玲は声を張りあげて、火刑の中止を訴える。やがて人の壁を乗り越えたとき、間にあわなかったことを知った。

依依が燃えていた。

磔《はりつけ》にされた依依は燃えさかる火に喰われながら、弾けるように嗤いだした。恐怖で壊れたのかと観衆は眉をひそめた。

「ふふッ、あはははッ……——許さない」

騒いでいた群衆がぞっと竦み、静まりかえる。

「燃やされたものが燃やして、なにが悪い！」

爆《は》ぜるように彼女は叫喚する。

火を侮るほどに烈しい怨嗟の炎が依依のなかで滾《たぎ》っていた。

「凮様はただ、ふたつの部族を愛しておられただけだったのに！　希望を奪い、凮様の愛するものを焼きはらった皇帝を許さない！　呪ってやる、皇帝も、皇后も！　この国も全部ッ！」

渇ききった瞳を剝き、唾を散らして、依依は呪詛を振りまく。

その凄絶な様に身が竦んで、慧玲は動けなくなった。

「許すものか！　凮様だけだったのに！　わたしは凮様だけを愛して……ああ！　凮様を奪ったものすべてが……呪わしい！」

だから、異様な煙があがり始めたことに気づくのが遅れたのだ。

「凮様……貴女様が怨み続けるというのならば、依依もご一緒に地獄まで参ります……」

依依の頭が、弾けた。

頭だけではなかった。その身は炸裂《さくれつ》して紅蓮《ぐれん》と化し、惨たらしい華の残骸を隠すように煙が勢いよく噴きあがる。煙はうねりながら暗雲となって、上空で渦をまいた。

誰もが事態を把握できず、呆然となっている。

雫が落ちてきた。雨垂れを弾いた木の葉がじゅっと燃える。

「いけない！　軒に隠れて！」

我にかえった慧玲が叫んだのがさきか、黒い雨が降りだす。

いっせいに悲鳴があがる。処刑を観にきていた妃妾や宦官、処刑に携わる官吏たちが火でもついたように恐慌をきたす。

「いやあっ、なによ、これ」

「あああああっ、うそよ！　こんな！」

雨に濡れたそばから、肌が焼けただれる。まさに火毒の雨だった。

妃妾たちは我さきにと逃げ惑い、あるいは激痛に倒れこんで動くこともできないものもいた。慧玲は外掛を掲げて振りまわしながら雨を弾いて、軒に潜りこむ。火毒の雨は絹をも燃やす。焼けこげて穴だらけになった外掛を握り締め、地獄のような有様を前に立ち竦んだ。

焼けただれた妃妾たちが地でのたうちまわっている。

怨みの毒は、これほどまでに惨いものなのか――

なにもかも奪われた依依の絶望はわかる。だが、毒されたから毒すのでは、終わりのない地獄が続くだけだ。慧玲は血潮がにじむまで、強く唇をかみ締める。

絶望するのは後だ。

「いま、助けます」

毒の雨のなかに身を投じる。

「つかまってください」

気絶しかけていた妃妾の腕をつかみ、肩を貸して軒まで運ぶ。肌の燃える激痛が、絶望に痺れた頭を醒《さ》ましてくれた。

私は、薬だ――毒には喰われない。慧玲はみずからの胸に言い聞かせる。

今、彼女に助けられるものはわずかだとしても、薬とは人を助けるためにあるものだ。

雲が散って雨が降りやむまで、慧玲は毒の嵐のなかを走り続けた。

◇

罪人である依依の火刑は、毒による死者多数、命を取りとめた者も異様な火傷を負うという惨事のうちに幕をおろした。

事故から約十日が経っても、後宮には重い絶望感が漂っていた。

「あなた、蔡慧玲ですわね」

ふと通りがかった廻廊で声を掛けられ、慧玲が振りかえる。侍女を連れたその妃妾は薄絹張りの団扇《うちわ》で顔を隠していた。

「刑場にいたそうね。それなのに、なぜ、あなたは火傷を負っておりませんの。……わたくしはあれから火傷に苛まれて、眠ることもできませんのに」

「私は食医です。適切な処置をしたまででございます」

真実をふせて、ひとまずは頭をさげた。

慧玲には毒が効かない。毒による火傷は慧玲の身のうちですぐに解毒され、痕も残らなかった。つまり、この火傷は解毒しなければ、癒えない。

「処置ならば、医官にさせましたわ！　なのに、いっこうに傷は塞がらず……医官に訊《たず》ねても、しばらくは傷が残るというだけで！　しばらくって、いつになれば？　後宮にいられなくなったら、わたくしはどうすればいいんですの……ああ」

息もつがずに喋り続け、頭をかかえて妃妾はよろめいた。つき添っていた女官たちが悲鳴をあげる。

「胡蝶様！」

「なんて、おいたわしい！」

はて、胡蝶とは聞いたことのある──そうだ。雨に降られた慧玲を嘲笑って、散々悪態をついていた妃妾だったと想いだす。階位は嬪についで身分の高い倢伃《しょうよ》だったか。

「……特別な薬があるのでしょう！　だったら、その薬をちょうだい！」

火の毒を解毒する薬を造ることは可能だが──

慧玲はあくまでもひかえめに頭をさげながら言った。

「畏れながら、私は罪人の姑娘です。私のような疎まれものが倢伃様に薬を調えるのはあまりにも分を越えております。失礼にあたるのではないかと」

「そんっ……なこと」

「死んだほうがましだと、仰せになられていたので」

胡蝶はあの時のことを想いだしたのか、わなわなと震えだす。火傷でよほどに憔悴していたのだろう。彼女はなりふり構わずに頭をさげた。

「ご、ごめんなさい……わたくしは、酷いことを……。謝罪いたしますわ。ですから、どうか、助けてくださいまし……！」

細る声で縋りつかれ、慧玲は眉の端を微かにあげた。

「ねえっ、ご覧になって……？　つらくて、つらくて……鏡を覗くたびにいっそあの時に死んでいればと……」

胡蝶は掲げていた団扇をさげた。

現れた顔は確かに惨たらしく崩れていた。左側の額から頬にかけて、どろりと熱した鉄でも垂らしたように焼けただれている。火傷は膿《う》んでいて、傷が塞がる様子はなかった。瞼はひきつれ、睫は抜け落ちている。

もとが華やかな美女だったからこそ、よけいに悲惨だった。

崩れた皮膚は、これがただの火傷ではないことを表すように呪いじみた紋様をかたどっている。

それでも、彼女は生き残った。あの時、命を落とした者も大勢いたのだ。

「ひとつだけ、非礼を承知で申しあげます」

慧玲は静かに唇を割った。

「『死んだほうが』『死んでいれば』……そのような言葉は、声にされないほうがよいかと。それ、毒ですよ」

胡蝶は「あ」と唇をひき結ぶ。

「ご安心ください」

慧玲は安堵させるように笑いかけた。

「私がいかなる毒をも絶ちましょう」

「ほ、ほんとうに……助けてくださいますの」

「ええ、嘘《うそ》も毒です。私は、毒はつきません」

胡蝶は錯乱していたので記憶にないようだが、毒雨のなかで転げまわっていた彼女を軒まで連れていったのは慧玲だった。その時は胡蝶であることに気づかなかったが、わかっていても助けただろう。

ほんとうは胡蝶に頼まれずとも、薬を調えるつもりだった。今朝がた、欣華皇后から依頼があったのだ。傷ついた華たちを助けてあげてちょうだいと。

毒は絶つ。そのためには手段は選ばない。そうすることだけが、彼女を薬たらしめるのだから。

◇

「それで、食医さんが僕に何の御用かな。風水では役にたてないとおもうけれど」

「毒師としてのおまえに頼みがあるの」

夏の宮は静まりかえっていた。季妃が死刑に処されたのだ。無理もない。庭の百日紅《さるすべり》ばかりが燃えたつように咲き誇っていた。

ひとけのない夏宮のはずれに鴆を呼びだした慧玲は単刀直入に言った。

「沢蟹をいくつか、わけてもらいたいの」

「沢蟹だったら、そこらにいるだろう」

夏の宮の水縁には亀や鯉、蟹なども棲息《せいそく》している。

「毒蟹が要るの」

蟹は餌とするものによって毒を保有する。まさに毒師が飼育するのに適した有毒生物であり、彼が飼っている蟲のなかにいるだろうと推察したのだ。

「確かに僕は毒蟹を飼っている。……だが、ただではあげられないな」

「そうでしょうね。でも、私は何も持っていないの。患者ならばともかく、いまのおまえは薬も要らないはず。私にできるのはこれくらいね」

慧玲は鴆の袖を引っ張り、つまさきだって唇を重ねた。

「ん……」

息を奪いあうように舌を絡める。唾がまざりあって、濡れた音を奏でた。一瞬だけ毒気を抜かれていた鴆が瞳を見張り、ばっと身をつき放す。

「っ……なにをのませた」

喉を押さえて、鴆が呻いた。

「なんだと想う？」

慧玲がちろりと舌を覗かせる。

口のなかにあるものを含んでおいたのだ。毒に免疫のある彼にでも、すぐに効くようなものを。毒を絶つためならば、手段を選ぶつもりはなかった。

「……毒師に毒を盛るなんて、いい度胸だね」

「嬉しい褒め言葉ね」

慧玲は微笑をこぼして、手を差しだす。

「いまのあなたにならば、薬が必要でしょう。さあ、薬が欲しければ、毒蠍を渡して」

鴆は罠にかけられて毒を盛られたというのに、嬉しそうに嗤った。曇った鏡のような瞳睛《どうせい》のなかに毒々しい紫が映る。

「どれだけ薬だと言い張っても、貴女の本質はやはり毒だ」

わかりきった挑発だ。彼女は努めて静かに言いかえす。

「どちらもおなじものよ。毒も薬も紙一重。裏か、表かというだけ」

「違いないね。はは……こまったな、貴女のことがほんとに好きになりそうだ」

降参だと言うように鴆は肩を竦めた。漢服の袖から、ぼたぼたと蟹が落ちてきた。いかにも毒のある青い蟹だ。

「わかった。薬をくれ」

「牛の乳でも温めて、飲んでおいて」

「は？」

理解できないとばかりに鴆は眉根を寄せた。

「花椒の丸薬よ。毒害はない。暫くは喉まで痺れるけど」

蟹を網にいれ、慧玲は袖を振って背をむける。さすがに毒は盛らない。彼女は薬師なのだから。

背後から笑い続ける鴆の声が、いつまでも追いかけてきた。

◇

夏の庖厨は尋常ではなく暑い。

朝から晩まで竈を燃やして調理をしているからだ。

慧玲が庖厨についたとき、木箱につまった食材が担ぎこまれてきたところだった。慧玲が皇后に頼み、取り寄せてもらったものだ。木箱からつぶつぶがびっしりとついた塊を取りだす。

「……ね、なんなのよ、それ」

女官が喋りかけてきた。意外だ。宴の食事を用意した時と同様、無視されるものだと思っていた。

「こちらは草實仔《アイギョクシ》という果実です」

「果実！　こんな、いぼいぼの束子《たわし》みたいなものが？」

「ええ、いちじくのような果実を裏がえして乾燥させたもの、と思っていただければ」

果嚢《かのう》から種子のつぶをこそぐように取る。集めたつぶを真綿の布でつつんで、水を張った鍋に浸けた。

「こうして水のなかで揉《も》み続ければ……段々と」

ほんとうならば果実の繊維がとけだして、水がぷるぷるとかたまってくるはずなのに。

「なによ。なにも変わらないじゃない」

女官があきれたとばかりに離れていった。

なにが足りないのか。

母親にして師が、この果実をつかって調薬していた時のことを想いだす。

「薬に重要なものは何かわかりますか」と母親に尋ねられて、慧玲が答えられずにいると彼女は「水ですよ」と続けた。「水は万物のみなもとです。この地域の水を飲んでごらんなさい。硬いでしょう。ですが都の水は軟らかい。おなじように調理しても、水の質によって穀物の食感、香、味わいには違いが表れます」――と。

水の質を考慮すること。想いかえせば、他の地域では母親はこの果実を調理することはなかった。都の水は湖からの疏水《そすい》だ。舌触りが軟らかく穀物の調理や淹茶《えんちゃ》に適しているが、適さない料理もある。

どうすれば、硬い水を調達できるのか。

豆乳をかためて豆腐にする時につかうのは石膏だが、あれは臭いが強すぎる。だったら、最適なのはにがりだ。だが、にがりは海水から塩を造る際に取れる副産物で、海から取り寄せなければならない。

暫《しば》し考えて、かわりになるものを思いついた慧玲は庖厨から飛びだしていった。

離れて慧玲の様子を窺っていた女官たちがひとり、またひとりと、木箱を確かめに集まってきた。風変わりな果実を覗いて、疑わしげに眉を寄せる。女官のなかには火傷があるものもいた。

「妃妾様たちの火傷の薬を造るんだって」

「……ね……、しちゃおうよ」

声を落として囁きあいながら、彼女らは木箱の中身を取りだした。

◇

あるじのいなくなった夏の季宮《ときみや》は、風鈴の音だけが韻々と響き続けていた。季妃つきの女官も新たな夏妃が選ばれるまでは暇《いとま》をもらっているのか、閑散としている。家畜も都の市場に売られていったようだ。

凪の暮らしていた部屋を覗く。夏風がさあと吹きこんで、衣架にかけてあった胡服の青の袖がはためく。凪の「食医！」という潑剌《はつらつ》とした声が聴こえたようで、慧玲は物寂しさを感じた。

永遠に怨み続けると言った彼女のことを想う。

（毒を喰らわば……か）

皇帝がいなければ、ふたつの部族は和解できたと凪は語ったが、所詮は理想に過ぎない。物事はそう単純にはまわらないものだ。

彼女は昊族を愛し、坤族も愛した。どちらも怨みたくなかった。だから、他に怨めるものを探しただけだ。

毒の火は山脈を焼き続けている。じきに坤族からも不満の声があがるだろう。後宮の火の毒は飛火《とびひ》に過ぎない。

凬の部屋を後にして、依依の部屋にむかった。われながら不躾だと思いながら、文机の抽斗《ひきだし》を漁《あさ》る。

依依。彼女はどちらの部族も愛してはいなかった。ただ、凬を愛していた。だから彼女が怨むものを怨み、彼女が愛するものを愛そうとした。

だが、彼女から凬を奪ったのは皇帝でもなければ、皇后でもない。凬はただ、自身の怨みの毒に喰われただけだ。

怨みは毒だ。だがその毒は、時に甘美に感じるものだ。

「……あった」

抽斗の端に転がっていた坤族の耳飾りを握り締め、庖厨にひきかえす。

ふと微かに鷹の声が聴こえた。部屋の隅に鳥籠が置かれている。捕らえられた鷹は衰弱していた。飢えて息絶えるのがさきか、処分されるのがさきか。

「ふたりの魂を故郷に還してあげて」

慧玲は竹で編まれた籠を開け放つ。

鷹は警戒した様子で頭だけを外にだしていたが、よたつきながら翼を拡げた。風をつかんで夏の晴天に舞いあがる。

慧玲は死者に祈る言葉を持たない。

母親が命を絶った時も、父が処刑された時もそうだった。

だからせめて、託す。

最後にひと声囀《さえず》って、鷹は青天に融けた。

◇

庖厨に戻ってきた慧玲は思わず、声をあげた。

「……これ、皆様がやっておいてくださったんですか」

果嚢からすべて種が取りだされ、すぐに調理できるようになっていた。

「できることは補助してあげるわよ」

「だから私たちにも薬を分けて」

妃妾たちほどひどくはないが、女官たちも火傷を負っていた。

「ありがとうございます。それでは檸檬を輪切りにしてください」

木箱いっぱいの檸檬を渡す。あまりの量に女官たちが顔をひきつらせた。

「……遠慮ないわね」

これでひんやりとした美味しい果凍《れいか》ができる。

慧玲は木槌《きづち》で耳飾りを砕いた。坤族の耳飾りは岩塩からなる鉱物でできている。塩には死の穢れを取り除く効能があるため、坤族は産まれてからすぐにこの鉱物を身につける風習があるそうだ。

この鉱物から天然にがりが造れる。

「調いました」

できあがった薬をみて、女官たちが歓声をあげた。

「これを食べるだけで、火傷がなおるの？」

「信じられない」

きゃあきゃあと言いながら、女官たちが食卓を取りかこむ。火傷を負っていないものたちまで、うらやましそうに集まっていた。

「火傷だけではなく、夏の日焼けにも効能があります。たくさんあるので、宜しければ皆様でどうぞ。私は皇后陛下にご報告して妃妾がたにお届けしてきますね」

女官たちの嬉しそうな声を聞きつつ、慧玲は庖厨を後にする。

凮の望んだ平等は、遠い理想だ。昊族と坤族だけではない。等しくわかりあうには、人には違いがありすぎる。身分が違う。血筋が違う。境遇も違う。男と女も違う。富めるものもあれば、貧しいものもあって、産まれた時から争いあうものもいる。

だが、美味なる食を前にした時だけ、人は平等になる。ともに笑い、等しく満たされる。ほんのひと時であっても。

◇

「黒蜜愛玉冰《クロミツオーギョーチ》でございます。どうぞお召しあがりを、胡蝶倢伃」

椀は黒糖の蜜で満たされ、ぷるぷるとした透きとおる果凍《ゼリイ》と檸檬とが浮かべられていた。まったりとした黒に檸檬の黄が映えて、夏の月を想わせる。

匙に乗せられた果凍は弾力があって、さながら月の雫だ。

胡蝶は果凍を吸いこみ、ほうっとため息をこぼした。

「なんてさわやか。たったひとくちでも熱がほどけて潤っていくのを肌で感じますわ」

檸檬と黒蜜の絶妙なる調和感に舌鼓をうつ。

「寒天の甜点心とも違いますのね、こんなの食べたことがありませんわ。つるりとした果凍に濃ゆい黒蜜が絡んで、口に入れた時はまったりとしているのに、最後に檸檬の香りが抜けていくのがまるで盛夏の夕だちのよう……こほん、とにかく美味ですわ」

興奮して喋りすぎたことを恥じらってか、彼女は咳ばらいをした。

「有難いお言葉です。草實仔と檸檬には体内に停滞していた熱や毒を解いて、排出する効能があります。加えて美白、肌の修復です」

最後に加えた隠し味は、内緒にしておこう。

実をいうと、この黒蜜には毒蟹と蝮《まむし》、鹿の角を黒焼きにして砕いたものがまざっている。伯州散《ハクシュウサン》という由緒ある漢方薬だ。悪質な腫物、化膿《かのう》など皮膚の修復をうながすことから外科倒《げかたお》しとの異称がある。

夢中になっている胡蝶はまだ気づいていないが、膿んでいた火傷がすでに塞がってきていた。匙を進めるごとに火の紋様がかすれて、最後にはあとかたもなくなった。ひきつれていた肌も元どおりだ。

側についていた女官たちが大慌てで鏡をもってきた。

「胡蝶様！　ご覧ください、火傷が」

鏡を受け取って、胡蝶が声をあげた。

「傷が……軟膏《なんこう》をぬっても、薬を飲んでも、いっこうに良くならなかったのに！　奇蹟ですわ！　……あぁ、ありがとう……」

頬に触れて確かめながら、胡蝶は泣き崩れた。

後宮にいるためには常に美しくあらねばならない。さもなければ、花籠から枯れた花を抜くように捨てられてしまうだろう。後宮の華はいくらでも取り換えがきく。

しばらくは泣き続けていたが、やがて落ちついた胡蝶は慧玲にむきなおった。

「あらためてお詫びいたしますわ。あなたのことを……誤解、いたしておりました。どうか、これまでの非礼をお許しください」

「そんな。どうか、頭をあげてください。誤解とはいっても、私が渾沌の姑娘であり罪人であることは事実ですから」

疎まれることはいまさら、どうとも思わない。散々侮蔑されて、都合のいい時だけ縋られると、さすがに腹がたって言いかえすこともあるが、根にもってはいなかった。

胡蝶は胸を張って、華やかに微笑む。

「わたくしは孟家《モオンけ》の娘ですわ。孟家の誇りにかけて、助けていただいた御恩はいつか、かならずかえします。有事の際にはどおんと頼ってくださいまし。もしも後宮を追放されても、うちの家で雇って差しあげますから」

「はあ……ありがとうございます」

なんだか、割と酷いことを言われた気もしたが……彼女なりの厚意なのだろう。取《と》り敢《あ》えず御礼を言っておいた。

◇

こうして、後宮に振りそそいだ火の毒は絶たれた。

見事に解毒をなし遂げた慧玲は、欣華皇后のもとに招かれていた。皇后はいつもどおり車椅子に腰掛け、穏やかに微笑んでいる。

「この度も素晴らしい働きだったわね。あなたに頼って正解だったわ。さすがは白澤の姑娘ね」

「恐縮でございます」

「懸命に努めるあなたに報いてあげたくて、位をあげていただけるよう皇帝陛下にお願いをしました」

想像だにしていなかった言葉に慧玲はふせていた視線をあげた。皇后は竹簡に認《したた》められた皇帝直々の任命書を取りだす。

「食医としての功績を称え、今この時をもって蔡慧玲を正六品《しょうろっぽん》・宝林《ほうりん》に昇格させる」

現在は正八品《しょうはっぽん》――最下位だったため、位を跨いで昇格できたことに慧玲は戸惑いを隠せない。袖を掲げて揖礼《ゆうれい》した。

「身にあまる称号を賜りまして、有難き幸せにてございます。蔡慧玲、確かに拝承いたしました。これからも万毒を絶ち、薬となして参ります」

満足そうに皇后は頷いた。

「今後はあなたにも女官がつくことになるわ」

「女官……ですか」

「ええ、薬を造るのも楽になるはずよ」

女官が必要だと思ったことはない。むしろ毒を扱っているのが知られては厄介だ。それでも皇后の厚意に異議を唱えるわけにもいかず、慧玲は黙って頭をさげた。

◇

夢をみていた。

繰りかえし、慧玲を苛む悪夢だ。

夢のなかで彼女は、命からがらに逃げ続けている。雲を通して差す日は弱く、竹藪《たけやぶ》はうす暗かった。まだ夏の終わりだというのに、風が凍てつくほどに寒かった。慧玲は裸足だった。笹が足裏に刺さって血がにじんでいる。それでも息をきらしながら、彼女は駈け続けた。

背後を振りかえれば、化生《ばけもの》がせまってきていた。

熊とも虎ともつかぬ軀《からだ》に鋼鉄の爪を振りかざして、顎からぼたぼたと涎を垂らしながら、それは人の言葉で呻いた。

「喰ろうてやろうぞ、そうだ、喰らうのだ……今晩こそは」

悲鳴をあげ、慧玲は懸命に地を蹴る。だが草の根に足を取られて、転んでしまった。

飢えた虎を想わせる荒い息が項《うなじ》にかかる。

喰われる——そう想ったのがさきか。

化生は頭を抱えて、よろめいた。強い毒にでも侵されているかのように喉を搔きむしって、苦しみだす。

「ああ、貴様さえ殺せば……殺せれば、このようなことには」

化生が、泣いている。

実際のところはわからない。なにせ、それには眼も耳も鼻もないのだ。だが慧玲はそう感じた。泣き続ける化生が哀れでならず、彼女は思わず手を差しだす。

途端に化生は頭を振りかぶり、咬《か》みかかってきた。

——しまった。今度こそ殺されると身を固くした、その時だ。

何者かが割りこんできた。

「母様——————！」

悲鳴をあげ、夢が破れる。

「はあ……はあ……また、あの夢」

醒めれば、離舎の臥室に月明かりが差し渡っていた。取りとめもなく夜陰を見つめ、乱れた呼吸を落ちつかせる。

眠りの底で繰りかえす光景——あれは昨年の晩夏のことだ。

先帝が壊れてから、母親と慧玲は離舎に軟禁されるようになった。

先帝が離舎にやってくるのはきまって、月のない晩だった。

母親は姑娘を護るため、唐櫃《からびつ》に慧玲を隠して外側から鍵をかけた。櫃《ひつ》のわずかなすきまから、慧玲は息を殺して覗いていた。壊れたように母親を殴りつける父親の姿を。人の魂を損なった父は、次第に人の姿《なり》から遠ざかっていった。もっともこれは、慧玲の瞳に映る姿にかぎる。ほんとうに虎にでもなっていたら、まだこの話には救いがあったのだ。

慧玲にはもう、父親がどんな顔をしていたのか、かけらも想いだせなかった。想いだすのはただ、禍々《まがまが》しい化生の姿だけだ。

それまで先帝が真昼に訪れることは一度もなかった。

だから母親はいつも昼に薬草を摘みに出掛けていた。先帝に負わされた傷を癒すための薬草だ。慧玲は母の帰りを待っていたが、突如にして先帝が扉を破り、侵入してきた。姑娘たる慧玲を殺すために。

間一髪のところで母親が身を挺《てい》してかばったことで、慧玲は命拾いをした。だが母親はわき腹を剣で斬られ、酷い傷を負った。

貴様さえ殺せれば――あの言葉がいまだに喉を締めあげる。慧玲があの時、父親に殺されていれば、先帝は死刑などにならなかったのだろうか。

覆水盆にかえらず。考えるだけ、むだなことだ。頭に絡みつく毒のような思考を振りはらうため、慧玲は表にでた。

風鈴ではなく青笹《あおざさ》を奏でて、涼やかな風が渡っている。よい呼吸というものは調合の要らぬ薬だ。大気の循環は身のうちを清浄にし、心を静めてくれる。

「……今宵《こよい》は月が蒼いね」

物音ひとつさせずに鴆が屋根から降りてきた。

「なんでいつも涼しい顔して、うちの屋根にいるの、おまえ」

「獲物を横取りされたくはないからね」

「人を、鹿か雉《きじ》みたいに言ってくれるのね」

慧玲が縁側に腰かけて、ため息をついた。

風が吹きつけると、篠笹の繁みから緑火が舞いあがっては落ちる。刹那を燃える、命の火だ。

「先帝が死んだ晩に」

沈黙を経て、慧玲は禁じられた書を紐解《ひもと》くような慎重さで、言葉を紡いだ。

「麒麟の死をみた」

鴆が凍りついた。

これは、それほどのことなのだ。

先帝が戦争を繰りかえして悪政を敷いたことで、毒疫の禍が訪れたと考えられているが、真相は違う。地毒の原因となったのは麒麟の死絶《しぜつ》だ。

「麒麟は陰陽の根に通ずる。人と天地の調停者にして、万物の統制者。護り神を喪《うしな》ったことで万象の調和が崩れ、剋は衰退にむかっている」

「……それがどういうことか、わからないはずはないだろう？」

慧玲は沈黙で肯定した。

麒麟は永命《えいめい》だ。正統な帝が継承するかぎり、麒麟は幾千年でも国を護り続ける。麒麟が死を迎えたということは、皇帝になるべきではないものが帝の座に就いたことを示唆する。それは現皇帝にたいする糾弾と否定だ。公言すれば不敬どころか、反逆者として死刑にされかねなかった。

「先帝は武勇に優れ、人徳を備えた賢帝《けんてい》だった」

先帝は武《ぶ》をもって大陸を統一することで、長きにわたる戦乱を終わらせた。争いを好む覇者だと彼を畏れるものもいたが、姑娘に語りかける声は穏やかで明敏さを感じさせた。

慧玲は父を敬愛していた。

「三年前に毒を盛られるまでは」

鴆が瞳をとがらせた。

「毒、ね。貴女の母親は白澤の一族だろうに」

先帝が豹変《ひょうへん》したとき、白澤たる皇后はすぐにそれが毒によるものだと理解した。慧玲は今際《いまわ》まで知らされていなかったが――

「おまえ、魂を壊す毒というものを知っている？　父様が盛られた毒は、それだった」

鴆はすうと眸を細めただけで、肯定も否定もしなかった。

「なぜ、今、僕に話した」

「暗殺者から助けてもらった。薬の素材になる毒をもらった――その御礼にふさわしいと思って」

緑の袖を風に遊ばせ、彼女は振りかえりざまに微笑んだ。微かに睫をふせて。

「おまえにあげられるものなど、私にはほんとうにないの。だから、誰にも明かさずにいた秘めごとをひとつ」

それは彼女の命を賭けた秘密だった。

「……誰に盛られたのかは、わかっているのか」

「さあ。皇帝を怨むものなど、いくらでもいるでしょう。探したいと思ったことはあるけれど、諦めた。すべて終わったことだから。その者を殺したところで、父様は帰らず、母様も息を吹きかえすことはない」

意外だったのか、鴆は眉の端をあげた。

「怨まないのか」

「怨む」

慧玲の声は重かった。

「いまだって、考えるだけで身のうちが燃える。でもあれは、私だった」

声の端が震えた。

燃え落ちたふたりの死に様を想いだすだけでも、身が竦む。

「怨みを絶たずに凬は死を選び、依依は万物を呪いながら死んだ。ふたりの死をみて、
ああ、あれは私だ――と想ったのよ」

ひとつでも選択を誤れば、彼女もまた燃えさかる地獄に落ちていく。

「私はまだ、死刑になるわけにはいかないの」

緑眼の底で怨嗟が燃えさかる。

「解かねばならない毒が、あるのだから」

華やかに微笑を重ねた。

「復讐ではなく？」

「ばかね。私の復讐は薬でなすものよ、毒ではなく」

喋りながら慧玲は歩きだす。

笹を揺らして、わざとほたるを散らしつつ、彼女は躍るように林を進んだ。

「天毒地毒《てんどくちどく》という言葉は知っているでしょう？　ふたつの毒はかならず、相そろって生ず——でも昨今は地毒ばかりが騒がれていて、天毒については語られていないの」

「天毒は視えないからね。そもそもなにを天毒というのかが不確かだ」

地毒は万象が毒に転じたものを表す。ならば、天毒とはなにを指すのかは、伝承にも記されていなかった。

進んでいったさきには、細流《せせらぎ》があった。ほたるの群が乱舞しているためか、水の瀬は光を帯びている。慧玲は靴を脱いで水に素足を浸けた。

「私は、運命を害すものが天毒だと教わった」

水を蹴って、彼女は星屑《ほしくず》のような雫を散らす。

「運命を害す、ね。雲をつかむような言葉だ」

「そう？　星の廻《めぐ》りというものはある。風水師はそうしたものを重んじるんじゃないの」

「僕は贋物《にせもの》の風水師だからね、それに星を読むのは占星術師の役割だ」

鴆は肩を竦めてから、青竹に縁どられた満天の星を指す。降ってきてもおかしくないほどの星だった。

「天の廻りは万物に影響を与える。吉ならばいいけれど、凶となれば、逢わざるべきものが逢い、早まるべき時期が遅れ、小難で終わるべきものも大難になる。昔から言われていることよ」

思いあたるところはないか、と慧玲は瞳をすがめた。

「山脈の火禍《かか》か」

「昊族の集落を燃やした火は、些細な事故だった。誰かがすみやかに鎮火できていれば、例年どおりに雨が降っていれば、昊族の集落の側でなければ、毒の大火にはならなかった。けれど、最悪なことに不運は重なった。その後、凬が後宮にあがれたのも……彼女は幸運だったと言ったけれど、あきらかな悪運よ」

天毒は誰知らず、穹《そら》より垂れる。滴り続けた天の毒はいつか、剋を亡《ほろ》ぼす激流となるかもしれない。

「私は天毒地毒を絶ちたい。先帝が振りまいたわけではなくとも、先帝の死がもとになったことは確かだから」

「それは……渾沌《どく》の姑娘としての責任か」

「白澤《くすり》の姑娘としての責任よ」

彼女は薬であることを誇る。ともすれば、縋るように。その誇りひとつを損なえば、崩れてしまうからだ。

鴆は視線を遠くに放つ。

「それにしても……逢うべきではないものが逢う、ね」

紫の双眸を細めてふっと、毒っぽく嗤った。

「まるで僕等のことみたいじゃないか」

毒と薬。逢ってはかならず、もつれる縁だ。

されど、天はふたりの縁を結んだ。

暗がりのなかでふたりは静かに睨みあった。透きとおるような緑の瞳と、陰に濁る紫の眸が重なる。喰らうのはどちらか。喰われるのはどちらか。

絡めていた眼差しを解く。視線を落とせば、草陰に鳥兜《トリカブト》があった。秋に紫の花を咲かせる毒の植物。いまは緑のつぼみだが、毒にかわりはない。

「ああ……間もなく、夏も終わるのね」

何処からか、蜩《ひぐらし》の声がした。

青嵐《せいらん》の季節は過ぎ、錦秋《きんしゅう》の風が訪れる。

季節は散った華など振りかえらず、進み続けるものだ。

そうして、姑娘がすべてを喪ったあの季節がまた、やってくる。

弔いのひとつもできぬうちに。

第三章　罪から出た錆と咖哩

北風が吹き渡り、繁る青葉はいそいそと錦のよそおいに移ろいだす。緑と紅の織りなす綾が後宮を華やかに飾りつけていた。

秋の宮は金箔《きんぱく》張りの豪奢な御殿《みどの》だ。紅葉《こうよう》を映して、いっそう雅やかに照り映えている。どれだけの財を投じて造りあげたのか。慧玲には想像もつかなかった。

慧玲は診察のため、妃妾の部屋を訪れていた。

「ご安心ください。こちらは毒疫ではございません」

「でも、全身の痒《かゆ》みがひどく、瞼だってこんなに腫れあがってしまって……。毒疫ではないのならば、いったい」

「痒みのもとは、よもぎです」

「よもぎ？」

よもぎは何処にでもある草だ。言うまでもなく後宮の庭にも繁っている。

「はじめはブタクサかと思ったのですが、三日前から痒みが始まったとお聞きして、違うとわかりました。その日の昼によもぎだんごを召しあがられたそうですね」

「確かにこの頃、体調がすぐれなかったから健康にいい食べ物を、と思い、女官につくらせたわ。でもよもぎに毒はないはずよ」

「薬になるものであっても、体質にあわなければ、毒へと転じます。特に秋は、よもぎの花盛りです。よもぎは風によって花粉を飛散させますが、この花粉が喉や鼻、眼の炎症をもたらします。窓の側にあるよもぎをすべて抜き、よもぎを摂《と》らないようになさってください」

「よもぎにそのような毒があるなんて思いもしなかったわ」

人によっては小麦や蕎麦でも中毒を起こすし、杉が咲く頃にきまって風邪のような症状を起こす患者もいる。

「ですので、ひとまずは医官に痒みどめの薬を処方してもらってください」

妃妾たちが渾沌の姑娘に頼るのは、毒疫の薬を調えられるのが彼女だけだからだ。毒疫ではないとわかれば、慧玲は不要である。

だが妃妾は退室しようとする慧玲をひきとめた。

「貴方が薬を処方してちょうだい」

「……宜しいのですか？」

「医官の薬ではいっこうに痒みが治まらないんだもの」

「承知いたしました」

この頃は時々だが、毒疫ではない患者からも薬を依頼されることがある。

夏妃の女官であった依依の処刑で火毒の雨が降ったことは記憶に新しい。処刑を見物にきていた妃妾たちは酷い火傷を負い、慧玲は彼女たちに薬を調えた。その後、わずかではあるが、妃妾からの後宮食医にたいする偏見がやわらいでいるように感じる。

秋の宮から離舎に帰ろうと廻廊の橋を渡っていたとき、慧玲は遠くに飾りたてられた牛車を見掛けた。皇帝だ。

後宮にいても皇帝と逢うことはめったにない。

秋に差し掛かっても、妃嬪が新たに懐妊したという報せはなかった。男でも老いとともに生殖能力は低下し続ける。皇帝は不惑（四十歳）を迎えて久しい。皇帝が焦燥感に駈られるのも致しかたのないことだった。

皇帝にはひとりだけ嫡嗣がいたはずだが、失踪してから五年経っているらしく、とうに暗殺されているに違いないと噂されていた。後宮だけではない。宮廷や皇帝にまつわるすべてが、どれほど豪奢に飾りつけても、噎せかえるような血臭をまき散らしている。

雪梅嬪の御子には危険が及ばないことを祈るばかりだ。御子が男児ならば、雪梅嬪は絶大な権力を握ることになるが、その分、暗殺を謀るものも現れるだろう。

思案する慧玲の頰をかすめるように楓《かえで》の葉が落ちていった。一瞬だけ、血臭を錯覚して、胸がぎゅっと締めつけられる。

（あれからもう春秋が巡ったのか）

先帝が処刑され、母が毒を飲んで死を選んだのは昨年の秋のことだ。

慧玲だけが、今もまだ、生き延びている。

牛車が停《と》まり、皇帝が降りてきた。一年振りにみた皇帝は痩せていた。霜の降りはじめた髪を隠すように冠をつけ、絹の冕服《べんぷく》をまとった背をわずかにまるめている。

叔父様、と胸のうちで慧玲は呼びかけた。

彼がまだ皇帝ではなかった頃、何度か逢ったことがあった。

物静かな男だった。弟である先帝を敬愛し、忠誠を誓っていた。自身に能力があれば彼の補佐ができたのに、と自信なさげにうつむいていた眼差しが印象に残っている。

またひとつ、楓が落ちてきた。華やかな紅に意識をひき戻された慧玲は視線をふせ、皇帝に背をむける。

血腥《ちなまぐさ》い臭いはもう漂ってはこなかった。

◇

離舎をかこむ青竹は秋になっても錦に移ろうことがない。

時々鹿の群が草を踏んでいくだけで、あたりは静まりかえっていた。だがその日は離舎に訪問者があった。

「蔡慧玲様、こんにちは」

庖厨で調薬していた慧玲は背後から声を掛けられ、振りかえった。

潑溂《はつらつ》とした女官だ。齢は十八歳くらいか。髪は編みあげてふたつにまとめ、動きやすそうな服を着ている。はて、誰つきの女官だろうか。急患かとも思ったが、女官は慌てている様子もなく、にこやかに挨拶してきた。

「この度、慧玲様つきの女官となる明藍星《ミンランシン》と申します。よろしくお願いいたします」

「ああ……そういえば」

ひと月ほど経っていたのでわすれかけていたのだが、皇后からは今後、女官がつくと教えられていた。慧玲は戸惑いながら頭をさげかえす。

「ごめんなさい。今ちょうど、手が離せなくて……」

「わわっ、お薬を調えておられるんですね！　すごい！　なにか、私にできることは……きゃあああっ！」

藍星と名乗った女官は身をかがめて薬碾を覗きこみ、悲鳴をあげた。とびあがるように頭をあげたところで頭上の棚にぶちあたる。棚にならべられていた箱やら道具やらが落ちてきて、強かに頭を打ちつけた藍星は「きゅう」と言って、気絶した。

「…………ええっ、嘘」

慧玲は慌てて藍星を助け起こす。たんこぶができているものの、大事ないことを確かめてから、薬碾で擦りつぶしていたものに視線を落とす。

蟬《せみ》の抜け殻がこんもりと鉢に盛られている。

「これって、そんな悲鳴をあげるほどのもの？」

蛇や蠍だったらまだしも、蟬如きで？　これは前途多難だと慧玲はため息をついた。

暫く経って、藍星が意識を取りもどした。

「う……うぅん、なんだか悪夢をみたような……」

「ご体調はだいじょうぶですか」

「慧玲様！　わわっ、なんだか倒れてたみたいでお恥ずかしいです……あ、香ばしい香りがしますね」

藍星はくんくんと鼻を動かす。打ったところはたんこぶになっているが、もう食べ物に意識がむいているくらいならば、それほど心配はいらないだろう。

「宜しければ、こちらをどうぞ」

慧玲は盆に載せた烏龍茶《ウーロンちゃ》と煎餅《せんべい》を差しだす。藍星は瞳を輝かせた。

「いいんですか！」

こんがりと焼かれた煎餅にかじりついた。まだ炭火の熱が残っている。耳に心地いい音が弾け、藍星はんんっと歓声をあげた。

「素朴だけど、おいしい……。この香ばしいたれはなんですか」

「東の島でつかわれる良質な醤油《しょうゆ》です。大陸の醤油は麩《ふすま》という小麦の殻をつかうのにたいして、東の島では小麦そのものを炒《い》ってつかいます。味にもずいぶんと違いがあるでしょう？」

緊張をほぐすように微笑みかけた。

「……よかった。慧玲様が優しい御方で……。その、かなり緊張していたんです」

藍星は心底安堵したように息をついた。

慧玲はただの妃妾ではない。いわくつきの後宮食医で、渾沌の姑娘だ。勤めさきだって離舎になる。慧玲に配属されるとなれば、大抵の女官は悲鳴をあげて嫌がるだろうに、この藍星という女は笑顔できてくれた。

それが嬉しくて、慧玲は煎餅を頬張っていた藍星の手を取る。

「きてくださって、ありがとうございます」

藍星は戸惑いを覗かせて、微かに指をはねさせたが、すぐに握りかえしてきた。

「……お役に立てるように頑張ります」

「それでは食べ終わったら、煎餅焼きの補助をお願いできますか」

「それくらいでしたら、私にもできますよ！　任せてください！」

藍星は胸を張る。

網に乗せた煎餅はもち米を練りこんでいるのもあって、こんがり焼けてくるとぷうと膨らみだす。押し瓦でかたちを整え、刷毛《はけ》でたれを塗るのが藍星の仕事だ。

出会い頭こそ散々だったが、調理補助の手際は悪くなかった。尚食局にでも勤めていたのだろうか。

焼きあがった煎餅を日が暮れるまでに秋の妃妾に配達する。

「こちらが痒みどめの薬です」

妃妾は意外そうだったが、食べて、まずは味を気にいってくれた。薬は旨いと感じられてはじめて効能があるので、慧玲は安堵した。

「苦い薬だったらどうしようかとおもっていたのだけれど、これだったら、続けられるわ。秋季の宴までに瞼の腫れだけでも治したくて」

「取り敢えず三日続けていただいて、まだ痒みが治まらないようでしたらお申しつけください。秋季の宴には回復されますからご安心を」

頭をさげ、部屋を後にする。

「喜んでおられましたね。さすがは後宮食医様です。私だってもっと食べたいくらいでしたもん！　ああ、つまみ食いしとけばよかったなあ……」

荷物をもってついてきた藍星が唇をとがらせた。

「あのくらいでしたら、いつでも焼けますよ。帰りに集めていきますか？」

ちょうど林があると、慧玲は庭に敷かれた遊歩道を外れて踏みこんでいった。藍星は彼女の後をついていきながら、ぱちくりと瞬きをする。

「集めるって……何をですか？　茸とかですか？」

わくわくしながらついてきた藍星に、慧玲は紅葉の幹を指さす。

「蟬の抜け殻ですよ」

幹には親指くらいの抜け殻がしがみついていた。触角から土を掘る鉤爪《かぎ》の先端まで綺麗に残った抜け殻は命の芸術だ。慧玲は思わず笑みがこぼれてしまうのだが――

「いッやあああっ」

落ち葉をまきあげて、藍星が後ずさった。

「なんで、蟬の抜け殻なんか」

「蟬の抜け殻は蟬退《センタイ》といって強力な漢方薬になります。特に植物の花粉による瘙痒症《そうようしょう》を含む蕁麻疹に効能があって。香ばしくて味もいいんですよ」

「ま、まさか……ち、違いますよね？」

藍星が青ざめながら頭を振る。慧玲はなんとか受けいれてもらおうと言葉を重ねた。

「ほら、海老の殼みたいなものですよ。海にいたら海老。森にいたら蟬です」

「海老は海老！ 蟬は蟬！ 別物ですよおお」

虫嫌いの藍星は絶叫して、またも気絶した。

◇

なんでこんなことになってしまったのだろうか——

慧玲は青ざめながら貴宮の硬い床に額をつけていた。視線をあげることもできない。

「聴こえなかったか」

髭《ひげ》を撫でつけながら皇帝が言った。

「今一度、問う。白澤の叡智で毒を調えることはできるか」


あの後、藍星はすぐに意識を取りもどした。

虫嫌いの藍星に蟬の抜け殻いりの籠を持たせるのは酷なので、仕事は終わりということにして別れた。女官は妃妾と同じ宮で暮らすものだが、離舎は部屋がひとつしかないので、藍星には四季の宮にある宿舎から通ってもらうことになる。

離舎に帰ると貴宮の使者がいた。皇后陛下がお呼びだと促されて貴宮に渡ったところまではよかった。

あろうことか、そこには皇帝が待ち構えていたのだ。

それだけでも身が縮んだというのに、皇帝からの依頼は予想をはるかに超えたものだった。

食医である慧玲に「毒を造れ」とはいったい、どうなっているのか。

皇后は横で睫をふせて、黙している。いかに寵愛を享ける皇后とはいっても、皇帝の選択に異を唱えることはできない。

「毒は薬、薬は毒であろう。毒をもちいて敵軍を斥《しりぞ》けたい」

先帝がいなくなってから、他の大陸から侵略してくる敵国が増えたという話は宦官たちの噂から聞き及んでいた。

昔から戦争に毒はつきものだ。それゆえにかつては皇帝に服する毒師の一族がいた。だが先帝は、毒をもちいることを是としなかった。いかに優秀な毒師といえども、毒は制御できない。無差別に人を害し、終戦後にも不要な禍根を残すこともある。

毒をもって得たものは毒になる。毒矢で猟《と》った鹿には毒がまわり、食材にはならないように――敬愛する母親の声が、頭のなかによみがえる。先帝は白澤たる母親に毒をもちいることの可否を尋ね、その時に母親が語ったのがいまの言葉だという。先帝はそれを受け、連綿と続いてきた毒師の一族との因縁を絶った。

慧玲に毒の依頼ならぬ命令がくだるということは、先帝の死後も毒師との復縁は望めなかったということだろう。

「是か非か」

これは帝命だ。死にたくないのならば、従うほかにはない。

地につけた指が凍りついた。

先帝が毒師との縁を絶ったことを話したとき、母親は最後に微笑んだ。

誇りなさい。貴方のお父様は、そのような御方です。そして、貴方はその姑娘なのですよ――と。

唇をかみ締めてから、慧玲は声をあげた。

「毒を調えることは――できかねます」

皇帝が白髪まじりの眉をはねあげる。

慧玲はふせていた眼をあげ、皇帝を振り仰ぎながら続けた。

「非礼は承知です。陛下の勅《みことのり》であろうと、こればかりは譲れません。許されぬのならば、この場で」

喉が一瞬だけ、ぐっと締まった。声の端々がみっともなく震えている。

「死刑に、処してください。私は《薬》のままで死にます」

毒に転ずるな、薬であれと望んだのは皇帝だ。慧玲は一縷《いちる》の望みに賭ける思いで、皇帝に臨んだ。

皇帝は沈黙を経て、緩やかに唇を割った。

「敏い姑娘だ。そなたが是といえば、その時は真に処さねばならぬところだった」

つまり、皇帝は慧玲を試したのだ。自身は毒ではなく薬だと宣言した彼女の意志を。

「ふふふ、陛下ったら。慧玲を虐《いじ》めないであげてくださいな。慧玲はね、とても有能で、不器用で、誠実で可愛らしくて……妾のたいせつな食医さんなんですよ」

皇后は鈴を転がすように微笑んだ。

「それでは本題に移ろう」

慧玲は緩みかけた緊張を再度、張りつめた。

「都からやや離れた東部の羅《ルウ》という農村で、奇しき病の報告があった。東部ではかねてから悪天候と穀物の凶作が続いている。おそらくは地毒による毒疫であろう。毒疫は感染しない——そのはずだ」

「仰せのとおりです」

慧玲は頭をさげ、肯定の意を表す。

「調査に赴いた者は全員奇しき病を患い、命を落とした。もっともそれだけならば、現地で地毒に触れたと考えられる。だが一部の患者と接触した家族、知人にも感染者が出たのだ」

　毒疫が人から人に感染するというのは白澤の書にも記されていない。毒疫が進化を続けているということなのか。

「今後、都に毒疫がもちこまれ、蔓延する危険もある」

　都で毒疫が蔓延すれば、由々しき事態となる。

「蔡慧玲に命ずる。羅に赴いて調査し、農村の患者を解毒せよ。感染の拡大を阻止するのだ。これならば、薬たるそなたに適した務めであろう」

「謹んでお受けいたします」

　後宮どころか、都からも離れたところで働くことになるとは想像だにしていなかったが、望まれているのは薬だ。それならばいかんなく白澤の力を発揮できる。

「先帝の姑娘であることがわかれば、そなたを暗殺せんとする者がおらぬとも限らんからな。くれぐれも素姓は隠し、宮廷医として振る舞うように」

「承知いたしました」

　皇帝は知るはずもないが、後宮のなかでも慧玲は度々暗殺されかけている。

　皇后は気遣わしげに眉の端をさげる。

「ひとりだと心細いでしょう？　御供《おとも》に女官を連れていってね」

「藍星を、ですか」

「ふふふ、なかなかに可愛い姑娘さんだったでしょう。あなたとそう齢《とし》の離れていない女官を選んだのよ。仲良くなれそうかしら」

「さ、左様でしたか。お心遣いを賜りまして、なんと御礼を申しあげていいのか。とても心優しい女官で……」

愛想笑いで頭をさげた。

田舎は虫だらけだが、藍星はだいじょうぶなのだろうか。毎度気絶されては調査や調薬どころではなさそうなのだが……。慧玲の懸念をよそに、皇后は「よかったわあ」と満足そうに微笑んでいた。


貴宮から花の香が絶えることはない。

日は落ちても梔子《くちなし》の香はあまやかに漂い、風が吹き渡れば梅は舞う。季節はとうに秋だというのに、万華の宴だ。秋宵の桜を振り仰ぎながら慧玲は橋を渡る。不意に香木を想わせる煙のにおいがまざった。視線をむければ、宵の帳をひき連れるようにして黒服の男が進んできた。

「やあ、食医さん」

鴆は肌寒くなってきたせいか、漢服に外掛を羽織っていた。涼しい顔をしているが、外掛のなかにもかなりの毒蟲《どくむし》が潜んでいるのだろう。

「ずいぶんと疲れた様子だね」

「まあね……」

首が落ちるかどうかの瀬戸際だったのだ。

「都の東部まで毒疫の調査と解毒にむかうことになったの。しばらくは後宮を離れることになる」

鴆は意外だったのか、双眸《め》を見張った。

「貴女は後宮にとらわれているのかと思っていたよ。籠の孔雀《とり》みたいにね」

慧玲は苦笑した。さほど大事には飼われていないが、うかつに取りだせないものとして扱われているのは事実だ。

「その毒疫とやらは、よほどに酷いものなのか」

「事の仔細《しさい》はまだわからないけれど、毒疫が人から人に感染したおそれがあるそうよ」

「へえ、新種の毒ということか」

「どうでしょうね。まだ推測では語れない」

咳やくしゃみなどで感染するのか。あるいは患部から毒の気が溢れて、まわりにいるものに感染していくのか。そのどちらかならば、人から人に感染したということになるが、地毒を含んだ物を持ち帰り、家族が知らず接触したという線も考えられる。

「いかなる毒であろうと、絶つだけよ」

銀の髪を掻きあげる。孔雀の笄が調べを奏でた。

静かに慧玲のことを眺めていた鴆がこぼす。

「貴女はあいかわらず、強かだね。強かで……奇麗だ」

前触れもなく渡された言葉に慧玲は毒気を抜かれた。

「……毒蜘蛛にでも刺されたの？」

「別に。毒にやられたわけじゃないさ。奇麗だと想ったから言っただけだ」

好意のある言葉を紡ぎながら、紫の眸は毒々しくひずむ。

「貴女は後宮にいる妃妾たちみたいに与えられるものだけを貪って、寵愛されてきたお姫様じゃない。毒を知り、死を知り、それなのに貴女はいつまでも濁ることなく、浄らかなままだ。だから、時々――」

彼は腕を伸ばして慧玲の白銀の髪に触れてから、するりと指をすべらせて細い首筋を撫でた。鴆の素姓が毒師の暗殺者であることを看破したとき、彼はこうして慧玲の首に手をかけ、息の根を絶とうとした。

「壊したくなるんだよ」

いまは喉に指を絡めることまではしなかったが、そうされるのと大差ない殺意が滲む。

「奇麗なものは嫌いだ」

ほの昏い毒が鴆のなかで吹き荒れているのを肌で感じる。それは慧玲を絶えず苛む孤独という毒だ。

彼の毒はきっと慧玲と似ている。

似ているのに、違う。だから側にいると、よりいっそう孤独になるのだ。

慧玲は自嘲するように牡丹の唇を綻ばせた。

「……それはよかった」

香らずに微笑む。

「私は、おまえに好かれたくないもの」

踏みだして、風のようにすれ違った。

「……ああ、僕も貴女だけは、好きになりたくはないね」

いつだってふたりはすれ違い続けている。それでも影だけは重なる。ほんの一瞬、接《くち》吻《づけ》でもするように。そうしてまた剝がれていく。

風が吹き渡り、桜が舞った。背に降りかかる花びらは何処か、雪を想わせた。

それにしても鴆はなぜ今、貴宮に呼び寄せられたのだろうか。先ほどの皇帝との話を想いだして、慧玲は胸騒ぎを感じた。

「……まさかね」

おそらくは気のせいだ。

彼が毒師の一族であることを知っているのは彼女だけなのだから。

◇

馬車に揺られて峠の山径《やまみち》を進む。

盆地である都とくらべて標高があるせいか、あたりは盛秋《せいしゅう》の景《けい》だった。吹き渡る風は肌寒く、峠には時折霧が掛かった。

「うう、ぐすっ……なんで私まで」

慧玲と藍星が後宮を離れて、約二日が経った。藍星は移動中ずっと後宮に帰りたいと泣き続けている。

「だって疫病ですよ！　感染した官吏は全員死んだっていうじゃないですかあ……いやですよ、私まだ死にたくないです！」

「安心なさい、私がちゃんと薬を調えますから」

「うつることが前提の時点で安心できるはずがないじゃないですかあ！」

藍星は外掛を頭からかぶって、蓑虫《みのむし》のようになる。慧玲は重いため息をついた。

「人助けに危険はつきものですよ」

峠を抜け、馭者《ぎょしゃ》が「間もなく羅に到着します」と報せた。村に差し掛かり、段々と家がみえてきたところで馬車が停まる。

　村人たちが馬車のまわりに群がり、好奇の眼差しでこちらを眺めていた。

　穀物の凶作が続いているとは聞いていたが、皇帝の口振りでは飢饉というまでには至っていないようだった。だが痩せ衰えた民の様子をみるかぎりでは、事態は予想よりも深刻そうだ。

　慧玲がさきに馬車から降りる。藍星は「人助け人助け」と唱えながら、なんとか腹を括ったのか、しぶしぶ続けて降りてきた。

「ずいぶんと変わった格好だが……あんたら、旅人さんか」

　農夫とおぼしき老いた男が声をかけてきた。

「悪いことはいわん。すぐに村から離れたほうがええ。羅では今、妙な疫病がはやってる。余所者にやれる食物もねぇ」

「お気遣いを賜りまして、ありがとうございます。ですがだいじょうぶです」

　慧玲は親切な農夫に微笑みかけてから、あらたまって挨拶をした。

「私は宮廷の医官です。羅で発症している奇しき病の調査と感染者に薬を処方するため、都より参りました」

　それを聞いていた農民たちが一瞬だけ、静まりかえった。

「……なんだって」

　農夫は呆気《あっけ》に取られた顔をした後、白髪まじりの眉を逆立てた。

「なあにが医者だ！　ばかにしやがって！」

彼は豹変し、声を荒げた。他の村人たちもいっせいに喚きだす。路傍の石を馬車にむけて投げつけるものまでいた。

「いまさら医者なんかきたってなんになるんだ！」

「こんな小娘をよこしやがってよ！　やっぱり御上《おかみ》は俺たちをなめてんだ！」

あまりの剣幕に慧玲は瞳を見張る。

いったい、これはどういうことなのか。

「話が違うじゃないですか！　人助けなんですから、もっとこう、歓迎されるべきでしょう！　感謝されるべきでしょう！　石投げられてるんですけど！」

騒動のかたわらで馭者がそそくさと馬に鞭《むち》をいれた。動きだす馬車に藍星は慌てて縋りつく。

「まっ、待ってください、こんな状態で置いていくつもりじゃないですよね！」

「約束どおり、十日後に迎えにきますよ。……御二方が感染していなければ、ですが」

馭者はそれだけを言い残して、逃げるように遠ざかっていった。取り残された藍星はほとんど気絶しそうになっているが、慧玲は冷静だった。

「落ちついてください。まずは今、この村で何が起こっているのかを教えてください。なぜ、それほどに怒っておられるのですか」

事情がわからないのではどうしようもない。

「はっ、しらばっくれやがって！」

老いた農夫が唾をまき散らす。

「仮にだ。あんたみたいな小娘が医者だったとしても、どうにもならねぇよ。これは──祟りなんだ」

「祟り？」

慧玲は毒気を抜かれ、ふっと失笑した。

「祟りなんかありませんよ。あるのは毒だけです。毒ならば解毒できます」

死穢にせよ怨念にせよ、それらは毒であって、毒でしかない。そして慧玲はいかなる毒をも解くことができる。

惑いのない緑の眼差しにたじろいで、農民たちが黙った。

「……薬があっても、どうせ俺たちゃ冬がきたら飢え死にだ。まだ眠って死ねるだけ臥せってる奴らのほうが楽かもしれん」

だが彼らの絶望は根深かった。一様に落ちくぼんだ眼で、こけた頰をしている。

「患者を診せてください」

「小娘《おじょう》ちゃん、お医者さんごっこなら余所《よそ》でやってくれ」

あきらかに侮られている。とりつく島もなかった。だが、後宮でも散々疎まれているのだ。いまさらこの程度で退くつもりはない。

「それではせめて、畑だけでも確認させてください」

「畑ぇ？」

これが地毒による毒疫ならば、凶作をもたらした悪天候と繋がりがあるはずだ。

「あんた、どうせ士族様なんだろう？　服をみたらわかる。あんたらみたいなのにゃ、俺たちのきもちかなんかわかりゃしねぇよ。士族様が畑なんてみたところで――」

慧玲がいきなり外掛を投げ捨てた。続けて帯をほどく。合わせた衿《えり》がはだけて、素肌があらわになった。

「ちょっ、なっ、なにをして」

「麻の服をください」

「はあ？」

「この服装が気に障って、話すら聞いていただけないのでしたら、あなたがたと同じ服に着替えます」

女たちは真っ青になっている。若い姑娘がこんなところで服を脱ぐのがどれほどのことか、彼女らにはわかる。事実、慧玲は寒いわけでもないのに、微かに震えていた。

「はあ……強情な小娘ちゃんだ。わかった、ついてこい。畑なんかみたところでどうにもならんと思うがな」

「ありがとうございます」

帯を締め、外掛を羽織りなおしてから、農夫に連れられて森のなかに続く坂道を進む。

悪天候が続いて作物が実らなかったと言っていたが、紅葉の色づきからその年の気候はおおよそわかる。見事に綾をなしているので、少なくとも夏以降に日照りが続いていたということもなく、雨続きだったというわけでもなさそうだ。作物も紅葉も同じ天候の影響を受ける。作物もさほど悪い状態ではないはずなのだ。

それなのに、彼らは冬になれば飢えるという。どうにも道理にかなわない。

森を抜けた。夕映えが差して田園風景が広がる。

峠の勾配にあわせて雄大な棚田が造られていた。横たわる畝《うね》は、ともすれば観世水の文様を想わせる。まさに農耕の芸術だ。

水の抜かれた田はがらんとしていた。今の季節ならばちょうど垂れるほどに実っているはずの稲はなく、かといって収穫後の稲架《はさ》掛けも見あたらない。それどころか——

藍星が首を傾げた。

「あれ、雪ですか？」

棚田の地表は白で埋めつくされていた。

さながら季節外れの霜で凍りついているかのようだが、慧玲は霜雪ではないと直感した。赤い雀が群れていたからだ。あれは火雀《ひすずめ》という種で、水晶が採掘される鉱山にだけ棲息する。

「あれは石英《せきえい》の珪砂《けいさ》ですね」

藍星がぽかんとなる。

「石英ですか？」

「いわゆる純度の低い水晶のことで、それが多量に混ざった砂を珪砂といいます。でもなぜ、稲田に珪砂が」

異境には石英の白い砂漠があるというが、ここは山麓にある田園地帯で、昨年までは肥沃な土壌に溢れんばかりの稔《みの》りがあったはずである。

「夏頃に地震があった。そんでこのざまだ。これじゃ稲も育たねえ。根こそぎ枯れちまったよ」

夏に稲が枯れ、今秋はひと握りも穀物の収穫がなかったと農夫は言った。

だが税は昨年よりもあがった。

免税を嘆願したところ、穀物のかわりに芋を貢納するよう達しがあったという。かろうじて収穫できた芋を納めたら、冬を越えるために必要な食糧が底をついた。

「皇帝だなんだ偉そうにしてても、結局毎日飯は食うんだ。俺たち農夫が作物をつくらなきゃ御飯《おまんま》食いっぱぐれちまうってのによ。有難みをわかっちゃいねえ」

農夫は髭だらけの顔を歪めて、嘆いた。

慧玲も以前から気に掛かってはいた。財政が困窮しているという割には、後宮には妃妾が増え続け、季節の宴も毎度盛大に催されている。

財政再建の頼みの綱だった南部の鉱産資源も火禍で採掘できなかった。山脈の大火はその後、秋の雨で鎮火したが、森の焼け跡は毒の灰で埋もれてしまい、いまだに鉱脈には近寄ることもできないという。

だがこれでわかった。民から徴収した税で賄っているのだ。

先帝が壊れるまでは、戦争が続いていても民は豊かだった。敗戦して剋の占領下におかれてからのほうが暮らしやすくなったと感謝するものまでいたくらいだ。

現在、大陸各地が毒疫にさらされ、民心は乱れている。それは先帝の責だ。だが、その渦中にあって現皇帝が些か頼りないことは事実だった。

慧玲に政を動かすことはできない。彼女は彼女がなすべきをなすまでだ。

農民たちはやせ細っていた。よほどに食べるものがないのだろうか。慧玲はそこでひとつの疑念を抱いた。

「……変ね。食べ物ならば、いっぱいあるじゃない」

農夫が憤慨して息巻く。

「はあ？　何処に食い物があるってんだ!?　小娘のくせにさっきから知ったようなことばっかり言いやがって！」

砂に埋めつくされて枯れた稲田を指さす農夫にたいして、慧玲は森を指した。不敵な微笑を唇に乗せて、彼女は尋ねる。

「小娘ではありますが、私は食医です。まずは一食、調えても？」

◇

「どんぐりを拾ってきてください」

農夫と別れたあと、慧玲は早速紅葉の森に踏み入り、藍星に採取を頼んだ。藍星はどんぐりなんかでなにをするのだろうと首を傾げながらも「承知しました」とこたえる。

「よかった、蜂の子とかじゃなくて」

どんぐりのなかには蜂の子そっくりな幼虫が棲みついていることがあるのだが、それは言わないほうがよさそうだ。

「できれば、背籠いっぱいに」

「多っ！　が、頑張ります」

畑は荒れていたが、森には豊かな実りが溢れていた。森のあちらこちらでは茸が頭を覗かせ、あけびがたわわに実っている。ちょっと耳をそばだてるだけでも雉や山鳩《やまばと》の声がし、枯れ葉の絨毯《じゅうたん》にどんぐりの落ちる音まで聞こえてくる。

飢饉とはいっても、慧玲が旅先で経験したような規模のものではなかった。

(よかった)

ここは地獄ではない。

「あ、後は栗《くり》も拾っておいてください。あまり遠くにいかないように」

腰をまげ、どんぐりを探しながら遠ざかっていく藍星に声を掛け、慧玲は鳩の声をたどって頭上に目をこらす。木の股のところに小枝を集めた塊が乗っている。背伸びをしたくらいでは届かない高さだ。慧玲は裾をぎゅっと結び、続けて縄を取りだす。その縄を自身の足首に掛けて結わえ、勢いよく落葉松《からまつ》の幹に跳びついた。これは大陸の土着民族などがもちいる木登りの技だ。とても妃妾とは想えない格好で幹をのぼった彼女は、鳩の巣から卵を拝借した。

いくつか卵を集めたら、今度は茸を採り、ついでに山芋を掘る。

その時、蜂がぶんと慧玲の頭上を通り抜けた。慧玲は瞳を輝かせて、蜂の後を追いかけていく。想像していたよりもかんたんに食材が集まりそうだと胸を弾ませて。

日が傾きだす。

大量のどんぐりやら栗やらを背籠に積みこんで、藍星が戻ってきた。

「慧玲様！　これくらいあれば、だいじょうぶそうですか」

あれ、慧玲がいないと藍星が首を傾げたところで背後から悲鳴じみた声が聞こえた。

「藍星！　逃げなさい！」

慧玲が息せき切って坂道を駈けおりてきた。暗雲に似た黒い塊が耳障りな呻《うな》りをあげながら追いかけてきている。蜂の大群だ。

「わっ、やだっ、なんなんですか、あれ！」

慌てて走りだしつつ藍星が叫ぶ。

「蜂蜜を蜂の巣ごともらっただけなのに」

「だからじゃないですか！　なんかごついのを担いでいると思ったら、蜂の巣だったんですね、それ！」

「大収穫です」

慧玲が素晴らしい笑顔で親指をぐっと突きだす。藍星はあきれていいのか、怒っていいのかと頭を抱えてから「もういやああ」と絶叫した。

なんとか蜂をまいた頃には黄昏のせまる時刻になっていた。

後宮のように時鐘《ときがね》がないので、いまひとつ時間の感覚がずれるのだが、まもなく日暮れだろうか。

「さあ、調理を始めましょうか」

庖厨は借りられそうにもなかったので、村のはずれで焚火《たきび》を熾《おこ》して調理をすることになる。後宮から調理器具を持ってきておいてよかった。

まずは、どんぐりを鍋に入れて水に浸ける。浮いてきた虫食いの実は取りのぞき、茹でてから再度水に浸けた。中華鍋を振りながら乾煎《からい》りすると、殻が弾けて割れはじめる。実を取りだし、薬碾で挽いて粉にする。

「うぅ、腕がしんどいです」

「あと十回は繰りかえしますよ」

「ひえ」

そうしてできたこげ茶色の粉を水とすりおろした山芋で練って生地をつくり、あらかじめ煮ておいた茸をつつんで、蒸し焼きにした。

「どんぐりの粉、まだ挽くんですか」

「こちらは味を変えますからね」

鳩の卵白を茶筅《ちゃせん》で泡だてながら、慧玲が微笑んだ。

「まもなく焼きあがります。皆様にお声をかけてきてください。夕餉にいたしましょう」

◇

食欲というものは抗いがたいものである。

余所者なんぞと意地を張っていようと、疑っていようと、腹が減っているときに美味しそうなものを渡されたら、その誘惑には勝てない。

「おやきです。温かいうちにどうぞ」

慧玲は葉に包んだおやきを農民たちに渡す。困惑して黙りこんでいるが、彼らの顔には一様に「なんて旨そうなのだろうか」と書かれている。誰からともなく、ごくりと唾をのんだ。それがよけいに彼らの欲望を掻きたてる。

「っ……」

老いた農夫がまっさきに、ほかほかと湯気をあげる弾力のある生地にかじりついた。熱々の具が溢れだす。茸にむかご、刻んだ野蒜《のびる》。素朴だが旨みのある具ばかりだ。

「う……旨い……」

農夫が声をあげた。

「……都から食材を運んできたのか」

「いえ、こちらのおやきはすべてこの土地にある物で調理いたしました」

慧玲がそう言うと、老いた農夫は眉を寄せる。

「そんなはずはねぇだろう、ここにはひと握りの麦も――」

「どんぐりです。挽いて、練りました」

転がっているどんぐりを拾いあげ、慧玲は農夫に言った。

「嘘つけ！　どんぐりなんか、しぶくて喰えねぇはずだ。それに確か、毒があって、喰うと口が利けなくなるとか」

「毒はありません。そのままだとしばらく喋れなくなるくらいに苦いですが、あく抜きをすればこんなふうにおいしく食べられます」

どんぐりは栄養に富み、毒を排出させる効能もある。遠い異境ではどんぐりだけを食べさせて育てた猪が高値で取引されるのだとか。

慧玲は続けて、「もうひとつ焼きあがりましたよ」と差しだす。

「う……」

今度は蒸し饅頭《まんじゅう》のようにふかふかだ。

「ぐむむむ」

余所者の勢いに乗せられまいと視線を逸らそうとしても、甘い香りが漂ってきて吸いこまれるように農夫はかぶりついた。たっぷり垂らされた蜂蜜が絡みつき、一緒に練りこまれた栗が後から弾けて舌まで蕩ける。ただでも甘いものに慣れていない農民たちだ。

天にも昇るような味に違いない。

「……くそう、うめえなぁ」

洟《はな》を啜りながら農夫はだんご鼻をこすった。その言葉に、老人から赤子をおぶった女までもが続々と頷きだす。

「こんな旨いもん、どれくらい振りじゃろうなあ」

「ほんとにね……腹が膨れんのも久し振りねえ」

食は平等だ。先ほども農夫が言っていたが、飢えれば、皇帝でも奴婢でも命を落とす。

（腹が減っては戦はできぬというけれど）

何を話すにしても、まずは腹が満たされてからだ。空腹では心まで貧しくなる。みなが食べ終わってから、慧玲があらためて頭をさげた。

「どうか患者を診せてはいただけませんか」

農夫は盛大にため息をついてから破顔した。

「……あんたにゃ負けたよ、小娘ちゃん、いや——食医の小姐《じょう》ちゃんだったか。まずは俺のせがれを診てやってくれ。だがあれは、ただの病じゃない」

「承知いたしております」

農夫は楊《チャン》と名乗った。耳《じ》順《じゅん》（六十歳）を過ぎて暫く経ったところだそうだ。足があまりよくないらしく、杖をついている。

いわく畑仕事に携わっていた働きざかりの若者がまっさきに倒れたという。続けて妻や子どもと家族に感染していった。

「熱はない。咳もない。感冒《かんぼう》とはまったく違う。ただ、眠り続けてる」

「眠り続ける、ですか」

「ああ、せがれは二週間眠り続けてて、日に日に痩せ衰えていきやがる。たまに腹減ったつって起きだすこともあるが、俺のこともわかってるのか、わかってないのか」

「意識がぼんやりとしているということでしょうか？」

「いんや、記憶が混ざってるかんじだな。十年も前に死んだおふくろのことを呼び続けたり、がきみたいな喋りかたになったり……そんで結局、飯を食いながらまた寝ちまう」

だがそれだけじゃないと椙は頭を振った。

「……まあ、診りゃわかる」

彼の暮らす家は昔ながらの造りだった。それぞれの部屋に分かれているということもなく、土の上に敷かれた筵《むしろ》に横たわり若者が眠っていた。若者の側に膝をついて、視診した慧玲は言葉を絶する。ついてきていた藍星は、ひっと声をあげた。

若者の瞼を濁った石英の群晶《クラスター》が覆っていた。

若者は悪夢にうなされているのか、心細げに呻いている。

「……おかあちゃん。暗いよお……雨が降ってきたよ、迎えにきて」

「倒れてからずっとこの調子だ。五歳くらいの頃だったか、目を離したすきに森でいなくなっちまったことがあってよ。たぶん、その時の夢をみてんだな」

記憶の混濁と精神退行か。神経に障る毒ではまれにこうした症状も現れる。

これは金の毒だ。地毒における金とは金銀、鉄、銅などの貴金属や卑金属のみならず、鉱物全般を指す。鉱物のなかには有毒なものもあるが、石英に毒はない。だが、無毒であるはずのものが毒を有する——それが地毒だ。

畑の土壌を埋めつくしていたのも石英の珪砂だった。だから農作業をしていた若者から続々と倒れたのか。砂ならば靴にもつく。知らないうちに毒を持ち帰ってしまい、家族にも影響が及んだのだろう。

調査にきた官吏の家族、知人に感染したのも同じ経路だろうか。

重ねて鉱物とは地脈の底で眠り続けるものだ。眠り毒になるのも理にかなっている。

「このちかくに鉱脈はありますか」

そこからなんらかの毒が浸みだしているという危険もある。農夫は一瞬だけ視線を彷徨わせてから、「いんや」と言った。

「知らねえな」

沈黙から椙が何かを隠していると察したが、慧玲は敢えて問い質《ただ》すことはしなかった。

「灌漑《かんがい》は地下水ですか、それとも湖や川から水を運んでおられるとか」

「灌漑は池から、飲み水は井戸だが」

「石英と水晶は成分としては違いがありません。水晶は山岳地帯の水源で採掘される鉱物で、水の毒が絡んでいることは充分に考えられます」

「毒？　疫病じゃねえのか」

「正確には毒疫といいます」

「……よくわからんが、もう日が落ちた。松明をもっていっても暗くて確認できんだろう。明日の朝でも構わんか」

慧玲は患者の脈を測り、舌を引っ張りだして舌診する。衰弱しているが、一両日中に死に至ることはなさそうだ。

「それでは明朝にお願いします」

「あのぅ……宿は借りられるんですか。さっき遠くで虎の声がしたんですけど……」

藍星が心細そうに言った。慧玲は野宿するつもりだったのだが、椙が「おう、そうだったな」と声をあげた。

「宿はねえが、空き家がある――ついてこい」

松明を掲げた椙に連れられて、村のはずれにむかった。

「好きにつかってくれ、庖厨もあるぞ」

空き家ときいて崩れかけた小屋を想像していたが、予想とは違い、邸《やしき》といってもいいほどに立派な建物が森のなかにたたずんでいた。もっとも戸を潜《くぐ》ればそこらじゅうに蜘《く》蛛《も》の巣《す》が張り、障子は破れ、荒れ放題になっている。

「なんか、幽霊屋敷《やしき》みたいなんですけど」

藍星が洩らした正直な感想に椙は苦笑した。

「官戸《かんこ》の邸だった。……一家が例の病で倒れてな、いまは誰もおらん」

官戸とはいわば地主のことだ。均田制《きんでんせい》——国家が民に農地を貸しだし、収穫の一部を受け取るという昔ながらの制度が崩壊したのは最近のことだ。現在は地方官戸に雇われた佃戸《でんこ》がその領地を耕す佃戸制がおもになっている。官戸は豪族《ごうぞく》、士族が就くことが多く、田舎には場違いな建物で暮らしているのもそのためだ。

椙が帰ってから、慧玲と藍星はひとまず邸のなかを確認してまわった。確かに庖厨もあるが、想像を絶する汚さだ。竈《かまど》を覗いたら狸《たぬき》が飛びだしてきた。もとから裂けていた障子を突き破っていくのをみながら、藍星が途方に暮れたような声で言った。

「まずは掃除ですかね、……掃除ですよねえ」

あまりに荒れているせいで何処から掃除するべきかと気が遠くなる。慧玲が袖をまくりあげて、たすきをかけた。

「一緒にやりましょう」

「いえいえ、慧玲様はやすんでいてください。私、掃除だけは昔から得意なんですよ。……さすがに狸の家を掃除したことはありませんが」

「あら、私も掃除は得意ですよ」

これでは眠るに眠れない。埃《ほこり》を掃いて、蜘蛛の巣を払い、竈には狸の糞《ふん》が溜まっていたので全部掻きだし――なんとか綺麗にしたところで予想外の訪問者があった。

女衆だ。こんな時間帯に何の用だろうかと思ったら、慧玲が表にでるなり、いっせいに頭をさげてきた。

「あんた、若いのに、すごいねえ。森にごろごろ落ちてるどんぐりさ、あんなに旨えなんて……考えたこともなかった」

「どうやったらあんなふうになんのか、おらたちにも教えてけれよ」

よほどに感銘を受けたのか、彼女たちの眼はすでに余所者を睨みつけるものではなく、敬意に満ちていた。

「もちろんです」

慧玲は残っていた材料で、調理の手順を教えはじめた。そのあいだに藍星が残りの掃除をして、秋の宵はたちまち更けていった。鐘がないので正確にはわからないが、もはや早朝といえるくらいの時間帯だ。

焼きあがったおやきをみて、村の女がぽつりと言った。

「ああ、これがありゃあ、ちゃんと御乳もでて、赤ん坊も死なんで済んだのかなあ」

そういえば、羅には子どもの姿がほとんどなかった。ひとりだけ、赤子を抱いた母親の姿があったが、母子ともにやつれていた。飢えは幼い子どもや老人から順に命を奪っていく。

助けられるものは、助ける。それは慧玲が母から受け継いだ薬師の理念だったが、どれだけ強く誓っていても、助けられないものは、ある。

慧玲の母親もまた患者を助けるために大陸全土を駈けまわっていたが、息絶えた赤子を抱き締めた女に「なぜ、あと一晩早くきてくれなかったのか」と責められたこともあった。懸命に力をつくせども、こぼれ落ちていく命のほうがはるかに多い。

「……食べてください、どうか」

慧玲が出来たてのおやきを差しだす。

「死人には、できないことです」

ともすれば、無情な言葉だった。だが愛する吾子《あこ》を喪った母親の悲しみにたいして、他人がどんな慰めをかけようとも、所詮は不実だ。

女は頬をひどく歪めて、なにかを言い掛けた。だがぼろぼろと涙が溢れだして言葉にはならず、きゅうと喉が締まった嗚咽の音だけが洩れた。

「食べてあげて、せめてあなたが」

慧玲は再度差しだす。女はこたえるかわりに震える手でおやきをつかみ、かじりついた。

「旨い、旨いよお……」

女は涙と洟を垂らしながら、おやきを頰張る。

そうすることがせめてもの弔いだ。死んでいったものを忘れずに愛しむことは、生きているものにしかできないことなのだから。


女衆が帰って落ちついてから、藍星が盆を運んできた。

「お疲れさまです、慧玲様。薬茶を淹れました。ひと息ついてから、今晩は……というか朝ですけど、ちょっとでも眠りましょう」

「ありがとう。藍星もお疲れさまでしたね」

家の掃除もすっかりと終わっていた。これだけの面積を短時間で綺麗に清掃できるのだから、かなり手際がよい。

慧玲は有難く茶杯を受け取り、唇を浸した。

思わず眉をひそめる。噴きだしそうになるのをぎりぎりで堪えた。

(……まっずい)

苦いやら酸っぱいやら。しかも後味が生臭い。なにをどんなふうに淹れたら、こんな毒々しい味になるのか。ひと言でいえば、生ごみを搾ったようなお茶だ。

「どうですか！　たんぽぽの根を乾しておいたんですよ。ついでに薬になりそうなものをたっぷり淹れました！　黒酢とか梅干とか卵黄とか蜂蜜とかどんぐりとか！」

「今度、たんぽぽ茶の淹れかたを教えますね……」

こうも好意に満ちた眼差しをむけられては、不味《まず》いともいえず視線を逸らす。だがよほどに自信があるのか、藍星は続けて「合格ですか？」と身を乗りだしてきた。

「…………藍星も疲れたでしょう。ぜひ飲んでみては？」

「いいんですか！　それじゃあ、いただきます……ぶっは、まずっ」

口に含んだ瞬間に藍星が盛大に噎せて噴きだす。さながら鯨の潮吹きを想わせる勢いだった。

◇

翌朝、慧玲は起きてすぐに藍星をともなって調査に赴いた。

結果からいえば、毒のもとは解けなかった。

田畑にそそぎこむ水路の底には石英が堆積していた。砂礫《されき》ばかりではなく、小さな結晶も混ざっていた。藍星が「持って帰ったら、後宮で妃妾がたに売れそうですね」と言いだしたので「毒ですよ」と釘《くぎ》を刺しておいた。

しかし遡っていくと、水路そのものが地中に潜ってしまった。標《しるべ》をたどって水源である湧水の池についたが、そこに石英はなかった。水路が地中で分岐しているということはない、と椙は言っていたが――どうだろうか。椙がなにかを隠していることはあきらかだ。

早く毒のもとを解かなければ、患者たちの解毒が間にあわなくなる。

農民たちの分も夕餉を調えながら、慧玲は悔しまぎれに唇をかみ締めた。

彼らが話しだすのを待ち続けていても埒があかない。今晩こそ揺さぶりをかけて、問い質す。

だが、どんな話も切りだすのは腹が膨れてからだ。

夕餉は森で猟ってきた雉鍋だった。農耕だけで暮らしてきた羅の者たちは猟を知らない。冬を乗り越えるには猟と漁は必需である。慧玲はまず男衆には猟を、女衆には解体と調理を教えこんだ。みな、雉を殺すことに抵抗があったようだが、稲の稔りを収穫するのも、雉を捕えて喰らうのもさして違いはない。

「どちらも命です。命とは命を喰らい、巡り続けるものですから」

雉鍋は鶏と違って脂はないが、旨みが強く、ひき締まった身は食べごたえがある。もともと雉には臭みはないので、生姜なども必要としなかった。農民たちはなかなか踏んぎりがつかないのか、雉と一緒に煮こまれた茸をつついていたが、茸に浸みこんだ雉の旨みに惹かれて骨つきの雉肉にかぶりついた。

「……こんなに旨いもんがあったのか」

感極まって、涙をこぼす。

それをみて、続々と他のものたちも食べだす。食卓に歓声が溢れた。

「ああ、こんな腹いっぱいになれるなんてなあ。これも食医の小姐ちゃんのおかげだ」

椙が膨らんだ腹を嬉しそうになぜた。

「感謝でしたら豊かな大地の恵みに」

水は清く、土も豊かで木の実も動物たちも肥えている。これだけ肥沃な土地ならば、毎年良い稔りがあったことだろう。

「小姐ちゃんはまだ幼いのに、ずいぶんと経験があるんだな。宮廷で教わったにしては、なんてえか野性味が強すぎるっつうか」

「宮廷医になるまでは、薬師だった母親と一緒に大陸を旅していたもので。飢饉に見舞われた集落を訪れたこともありましたが——そこは、地獄でした」

「そんなにひどかったのか」

「作物どころか、草の根まで絶えるほどの日照りが続き、樹木は白けた骨を晒《さら》し、湖は底に濁った水をわずかに残すばかりで魚の群が干物になって息絶えていました。それすら奪いあって貪るものがいて……でも、なによりもむごかったのは」

言葉をつまらせる。想いだすだけでも身の毛がよだった。

「人が、人を喰らっていたことです」

想像を絶する話に全員が青ざめた。

「なんだって」

「……いくらなんでも、そんなことあるはず」

「信じられないのならば、幸福です。ここはまだ地獄ではないということです。ほんとうに……よかった」

心の底から安堵の息をこぼす。

やせ細った農夫たちをみたとき、実をいえば、その集落のことを想いだして身構えた。

「人を喰らったものはある特殊な病に蝕まれます。症候は多岐にわたりますが、最もおそろしいのは眠ることができなくなるところにあります。一睡もです。眠れないのに、起きながらに夢を見続け、心が壊れていく――ともすれば、祟りといってもよいかもしれません」

祟り、と誰からともなくつぶやき、騒めいた。

「ですが、それは祟りではない」

水が弾けるような声で慧玲は言いきる。

「医をもって助けることができます。そうした患者たちもすべて、一命を取り留めました。それでは医師が最も恐れるものはなんだと想いますか」

誰も答えられない。沈黙のなかで慧玲の髪に挿した笄だけが、微かに音を奏でる。

「死です。死んでしまった患者はいかなる妙薬をもってしても救うことはできません」

死者はよみがえらない。ゆえに命あるうちに助けなければならないのだ。

「解毒薬を調えるためには、その毒のもとを解かねばなりません。畑に湧いた珪砂が何処からきたのか。思いあたることがあれば、どうぞ教えてください」

椙が黙って眉根を寄せた。

祟りなんてものは後悔や呵責《かしゃく》がなければ、考えつきもしないものだ。

ここまで問い質しても、村人たちは口を噤《つぐ》んでいる。沈黙は滓《おり》で澱んだ水底を想わせた。腕を差しこんでも、泥濘《ぬかるみ》を掻くばかりで核心に触れることができない。だが、強引にでも掻きまぜれば、なにかが浮かびあがってくるはずだ。

事実、村人たちは黙していながらも、ひどく動揺していた。彼らが抱えているものがいかなる秘密かは知らないが、家族の命ほどに重いものはないはずだ。

（そう信じたい）

夕食が終わって全員が解散した後で、あらためて慧玲のもとを訪れたものがいた。昨晩、おやきを頰張って泣き崩れていた女だ。

「せんせいについてきてもらいたいところさ、あります」

彼女は思いつめた様子で、そわそわと落ちつきがなかった。他の者に気づかれまいと家に帰ったふりをして、こっそり戻ってきたのだろう。

「羅に蔓延する病にかかわることです」

「わかりました」

藍星に洗い物を頼み、慧玲は女と一緒に日の暮れた森に赴いた。

松明のあかりだけを頼りに、鹿が踏み分けてできたような細道を進む。枯草は繁っているが、突きだした枝が払われているところをみるに、農民たちが時々はここを通っているようだ。

「おらは梓《ズウ》といいます。赤子が死んでまもなくして、旦那ともうひとりの息子も倒れました。眠りはじめて二十日になります。日に日に頰がこけて、腕も棒っきれみたいに細くなって……。息子だってまだ八歳なのに、旦那と一緒に畑さ耕して、母ちゃんに楽をさせてやるんだって……なのに」

梓は声を落として、急《せ》きたてられるように喋り続けた。口を動かし続けていないと恐怖と緊張に押しつぶされ、息もできないと言わんばかりに。

「息子さんのほうが大きな結晶がついているのでは？　そして容態も悪い、違いますか」

「診察もしていないのに、わかるんですか。さすが、せんせいです」

滲んできた涙を袖でぬぐって、梓は縋りつくように言った。

「祟りなんかないと言ってくれましたね。……旦那も息子も助かるんですよね？」

「毒のもとが解ければ、かならず薬を調えられます」

さらに進んでいくと、森のなかに想像を絶する光景が拡がっていた。

草も繁らない砂地から、透きとおった六角の結晶が折り重なるように突きだしている。水晶だ。水晶の群は月の光を映して、静かにきらめいていた。地中に鉱脈でもあるのだろうか。

「ここが蛟《みずち》様の水壇《すいだん》……神さんの泉です」

水晶に気を取られていたため、泉と言われてはじめて気がついた。

水晶群はぐるりと泉を取りまくように列なっている。覗きこんでも底なしに暗く、水は確認できなかった。まさに竜の口腔を彷彿とさせる。

「蛟様というのは羅の土着信仰ですか」

「蛟様は雨さ降らして豊穣を約束してくださる有難い神さんです。いつもはこの泉には蛟様の水が満ちてるんですが、夏に地震があってから、日に日に水が減って……このまわりにあるのんが、病になった人たちの眼を覆ってるのに似てるんじゃないかと」

「この水晶はいつからありますか？」

「昔からです。でも疎らでした。地震があってから異様に増えてきて」

慧玲は水晶の柱に触れて確かめる。患者に現れた結晶は濁っていたが、確かに同じ物だ。石英は水に融けて、結晶となる。結晶ができるまでには気の遠くなるような時を要するものだが、調和が崩れれば理も歪む。金の毒が高じれば、一朝一夕で水晶が育つことも充分にあり得る——

思索する慧玲に梓が声をかけてきた。

「お医者のせんせい、やはり蛟の神さんの、祟りなんでしょうか……」

その時だ。「見つけたぞ！」と声があがり、いっせいに松明の群が集まってきた。戸惑っているうちに農民たちに包囲される。

「変だと思って、つけてきたらこのざまだ」

遅れてきた椙が声をあげた。

「おい、梓。小姐ちゃんは善《い》い姑娘さんだが、余所者は余所者だ。これ以上、蛟様を怒らせるようなまねをすんじゃねえ。祟りがひどくなったら、どうすんだ」

慧玲はあきれながら言いかえす。

「祟りではありませんよ、これは毒です」

この泉はあきらかに金の毒に満ちている。

水晶は水に融ける。そして人間の身体は五割から六割が水で構成されている。幼い子どもはその比率が七割になるため、よけいに症状が重くなっていた。

だがこの毒の本質は金毒だ。金は木を相剋《そうこく》する。ゆえに木の器官である眼を病ませ、畑の作物も枯らした。

「発端となった地震の後、泉の水位がさがり、畑にも異常があったとか。おそらくは地震で泉の地下に亀裂ができ、湧水の水脈と繋がってしまったのでしょう。あるいは泉の底で亀裂ができたせいで地震を誘発したか――」

事の真相にせまっているためか、農民たちの視線がとがる。椙はもう喋るなと牽制《けんせい》するように頭を振った。慧玲は敢えて無視して、問い質す。

「これ以上、と言いましたね。祟りに見舞われるようなことを、ほかになさったのですか」

また沈黙だ。問うてもだめならば、暴きだすまでだ。

慧玲は梓から松明を奪い、泉に投げこむ。燃えあがる火に一瞬だけ、照らしだされた泉の底には人間のかたちをした水晶がいくつもたたずんでいた。

透きとおった結晶の、地獄だ。

助けをもとめて絶叫するような格好をしているものもいれば、すでに事切れて横たわっているものもいる。

ああ、隠したかったのはこれか。慧玲は理解する。

「あなたがたが恐れていたのは蛟様の祟りなどではなく、泉に落として殺害した人間たちの祟りだった――違いますか」

農民たちは顔を強張らせ、恐怖とも怒りともつかない形相をした。火に照らされて、それらの顔が鬼のように暗闇に映る。

変だとは思っていたのだ。

官戸の一家は例の毒疫に倒れたと椙は言っていたが、邸の荒れようをみるかぎりでは無人になってから一年ほどは経っている。地毒の発端となった地震が夏頃なのに順番が違うのだ。畑仕事をしない官戸が農民よりもさきに感染するはずもない。

なにより、邸の窓にはあきらかに何者かに破壊された跡があった。おそらくは村民たちが奇襲をかけて官戸一家を殺害、あるいは拉致したのだ。

調査にきた官吏とその周囲の者が毒疫に侵されたのは、地毒のもとである水晶を珍しがって持ち帰ったからだ。藍星と同じようなことを考えたわけだ。

「泉の底にあるのは官戸一家の死体ですね」

椙は顔をひどく歪めた。

「……それを知られては、都には帰せんな。残念だよ、小姐ちゃん」

彼は握り締めていた杖を振りあげ、慧玲の頭を殴りつけた。

慧玲が地に倒れこむ。視界がぼやけて意識がぐらりと遠のく。痛みがこない。危険だとわかっているのに、立ちあがるどころか、わずかも動けなかった。

梓が悲鳴をあげ、駈け寄ってくる。彼女はかばうように慧玲を抱き締めて、叫ぶ。

「この姑娘《こ》を殺さないで！　殺したら、おらたちはほんとに戻れんようになる……！」

哀訴の声を聞きながら慧玲は意識を失う。暗くなる視界に最後まで残ったのは月ひとつだ。だが、それすらもにじんで、まもなくついえた。

◇

細い煙が龍のように昇った。

盆の月を振り仰ぎ、煙管をふかしているのは鴆だ。鴉《からす》のような彼の背後に何処までも広がるのは乾いた砂漠だった。彼は今、宮廷から遠く離れた国境の戦線にいる。

鴆は思いかえす――あの晩、貴宮に呼び招かれた彼は皇后から遠征の命令を受けた。意外だとは想わなかった。風水師は戦地の風水を読破することで軍を勝利に導くものだからだ。だが欣華皇后は最後に、こう言ったのだ。

「どうかその能力をいかんなく発揮してちょうだいね、……毒師さん」

普段となにひとつ変わらない微笑を香らせて。

（いつから毒師であることを見破られていた？　そもそも、どうやって気づいた？）

煙管をふかしながら鴆は思考を巡らせる。

宮廷にきてから八人を毒殺した。

元の依頼者である左丞相はまっさきに暗殺し、その後は宮廷風水師となるために障害となる者を二名、疑いをかけられないよう風水師とは無関係な官吏をさらに二名殺した。後は慧玲の暗殺を目論《もくろ》んでいた者を三人ほど。いずれも証拠は残しておらず、素姓を探られるとは考えにくい。

（だとすれば、僕が毒師であることを唯一知っている左丞相と皇后が繋がっていた？）

だが左丞相は、他ならぬ皇后が主催で参加する春季の宴に毒を盛ろうとしていたのだ。慧玲が未然に防いだが、最悪、皇后も毒で命を落としていた。

（いや、このふたつは矛盾しない）

あらかじめ、毒が盛られることを知っていれば、皇后は食した振りをすればいいだけだ。皇后は一命を取り留めたということにすれば、ただの被害者であり、後のことはどうとでもなる。

（喰えない女だ）

鴗は眼差しをとがらせた。

その時、遠くの丘陵を人影がよぎった。あちらの方角では剋の軍と敵対する戌《ジュツ》の軍が衝突しているはずだ。敗北を喫して逃げてきた敵の兵隊かと想ったが、風になびいた領巾《ひれ》から女だとわかった。だとすれば、娼婦《しょうふ》か。戦場に娼婦を連れてくる軍もいる。だが、それにしては背が低すぎた。幼い娘か、いやあれは。

（車椅子か？）

皇后の姿が頭に浮かぶ。ありえない。

ここは戦線だ。皇后がいるはずがない。

砂漠は遠くまで一望できるが、実際の距離は想像するよりもはるかに遠いものだ。いまから馬で駈けつけて、確かめられるかどうか。

鴗が馬を取りに戻ろうかと思ったところで伝令の兵がきた。

「鴗殿！　こちらにおられましたか！　取り急ぎ、ご報告申しあげます」

兵は軍礼をして、息も継がずに続けた。

「風水師が厄有《やくあり》と仰せになっていた浅い湖ですが、徒歩で渡っていた敵の援軍が全員、溺死した模様です」

今朝、敵の援軍を迎撃するのに、水深の浅い湖を渡ることになった。だが鴗は軍師に「湖に水難の厄相《やくそう》有り」として、迂回《うかい》を進言した。軍師はそれでは湖を横断するであろう敵軍に遅れを取ると非常に怒っていたが、皇帝から権限を預かっている風水師の指示を閑却することもできず、軍の進路を変えることになった。

「わが軍は鴆殿の読みに順《したが》い、湖を渡らず命拾いをいたしましたが、鴆殿の指揮がなければ、今頃は……」

兵は青ざめている。

「ああ、敵軍に優秀な風水師はいなかったようだね、残念だ」

実際のところ、風水による読みというのは嘘だ。

風水とは知識だけではなく才能が物をいう。鴆は風水師を偽称するため、可能なかぎりの修練は積んだが、やはり本職ではない。彼はあくまで毒師だ。

（毒をもって万事にあたる、それが僕のやりかただ）

敵軍が湖を渡る頃にちょうど猛毒が流入するよう、あらかじめ細工をしておいた。毒が持続するのは一晩だけで、魚には無害だ。後から敵軍が調査にきても、毒で身動きが取れなくなって溺死したとは考えも及ばないだろう。

「つきましては軍師様がお呼びです」

「わかった。すぐにいく」

兵が遠ざかってから、鴆は砂漠に目をこらしたが、とうに人影は絶えていた。いまさら馬を駈ったところで探しだすのはほぼ不可能だ。

息をついて、月を仰ぐ。何処からか流れてきた雲が月に掛かり始めていた。緑の星がひとつ、雲を斬り裂くように落ちていく。

「──慧玲」

薬たる姑娘も今は後宮を離れている。昇格にともなって、皇后が選抜した女官がついたとか。なぜか、無性に胸騒ぎがした。

鴆は毒を帯びた双眸を細める。

「慧玲、僕じゃない誰かに殺されたりするなよ」

◇

慧玲、と誰かに呼ばれた。かすれるような響きを帯びた、毒のある声だ。いつのまにか、聴き慣れてしまった声だった。

(わかってる──これくらいで死ぬものですか)

水底から腕を伸ばすように意識をひきあげる。

慧玲は古ぼけた倉の藁の上に横たえられていた。格子の窓からはすでに朝の光が差している。腕は縄で縛りあげられていたが、拘束はさほどきつくなかった。

「慧玲様……よかった！　死んじゃったのかと……」

「藍星、あなたまで捕まったのですね」

藍星も縄で縛られている。転がりながら隣にきて、彼女はわあんと泣きだした。

「もう、ほんと、訳がわからないんですよ。言いつけどおり火の番をしてたら、急に村の人たちがきて、抵抗するな！　って怒鳴られて……なんで、こんなことに。はっ、まさかどんぐりと一緒に鍋で煮こまれて、食べられちゃったりしないですよねえ！」

「安心なさい、そんなことにはなりませんから」

殺すのならば、気絶しているうちに泉に投げこまれていただろう。捕縛されているということは最悪の事態はまぬがれたはずだ。慧玲は器用に縄を抜け、起きあがった。

「へ、どうやって……わっ、私のもほどいてくださいよ！」

藍星が瞳をまるくして、縛られている腕をばたつかせる。

「やだやだ！　置いていくつもりじゃないですよね？　見捨てないでくださいよ！」

大声で喚いている藍星の縄を解くのは後にする。まだやらなければならないことがあったからだ。

埃だらけの棚には様々な農具が雑多に詰めこまれ、隅には俵が積まれていた。藁を解くと、質は落ちているが雑穀米だ。おそらくは昨年か、一昨年の残りだろう。

「こんな時になにしてるんですか！　そんなことしてないで早く助けてくださいよお」

藍星は悲鳴のように叫ぶ。

騒ぎを聞きつけてか、倉の戸が乱暴にひらかれた。様子を見にきた椙は慧玲が縄を抜け棚を漁っていたのをみて、ぎょっとしたように眼を見張る。

「おめえ、どうやって」

「ちょうどよかった。調薬の段取りが調いました。庖厨をつかわせていただいても？」

椙は今後こそ毒気を抜かれたらしく、何度も口をもごつかせてから、やっとのことで言った。

「小姐ちゃん、あんた、他にいうことはないのか」

「ないわけではありませんが、患者の解毒が最優先です。あなたがたも私に薬を造らせるため、殺さずに捕らえたのでしょう？」

「それはそうだが……」

「だったら、都合がいいはずです」

「……けんどよ」

椙は良心の呵責に堪えかねているのか、煮えきらなかった。人を殺《あや》めた罪人《つみびと》ではあっても、彼らは悪人ではない。

「金の毒は木の器官である眼を害し、最後には金の臓である肺にまわります。呼吸が細くなっているのは肺が結晶になりはじめている証拠です。一昨日、息子さんを診察したかぎりでは、もって後五日というところでした。今晩のうちには薬を処方しないと解毒が間にあわなくなります」

相の様相が変わる。縋るような眼差しをむけられ、慧玲は再度、微笑みかけた。子を想う親を安堵させるように。

「毒の理は解けました。かならず助けます」

◇

「金毒の薬を調えるための食材は、幸いにもこの森で集められるものばかりです。まずは採取に出掛けてもよろしいですか？」

村人たちの監視はついているが、調理と採取の補助として藍星も解放してもらった。

「藍星はまず、彼岸花の球根を背籠いっぱいに集めてきてください」

怪訝《けげん》深く眉を寄せたのは藍星だけではなかった。

「彼岸花？　あれは毒だろう」

相の言葉にまわりの者たちも騒めきだす。薬を造る振りをして毒を盛るのではないかと疑われているようだ。慧玲は盛大にため息をついた。

「彼岸花は無毒にできます。それに考えてもみてください、患者に毒を盛って私に得がありますか？　まして毒をいれるのならば、隠れて細工すると思いませんか」

「確かにそうだが……」

「それでも疑われるのでしたら、まずは藍星にも毒味をしてもらいます」

藍星はあわを吹いて倒れそうになった。

「彼岸花なんて土竜《もぐら》も食わないんですよ！　だから墓場に植えるのに……」

「おいしく調理しますから」

「……うう、わかりましたよ、食べます」

腹を括ったのか、括ってないのか。藍星はべそをかきながら、彼岸花の収穫に出掛けていった。

「それでは畑にむかいましょうか」

「畑だって？　あそこにゃ、なんにもねえぞ」

「いえ、最高の食材がありますよ」

石英の砂に埋もれ、稔りの絶えた田には火雀ばかりが群れている。慧玲は畑に降り、砂地に逆さにした籠をならべ、それぞれにつっかえ棒をして紐を結んだ。

「なんだそれ」

「罠ですよ。ささ、皆様もひとつずつ、紐をもって隠れて」

人がいなくなったことで安心した火雀が舞いもどってきた。

火雀はおもに鉱物を食べ、特に水晶などの結晶を好む。

火雀が群がってきたところで、紐をひいて籠を落とす。籠に捕らわれた火雀は慌てて逃げだそうとするが、間にあわない。これを繰りかえして、あっというまに百羽《わ》あまりの火雀を捕獲する。

「ま、まさか、それを食うのか」

「雉と変わりませんよ」

ちょっとばかり可食部に乏しく、ついでに砂嚢《さのう》には毒があるというだけだ。

後は茸か。森にはさまざまな茸が生えていた。松茸《まつたけ》、しめじ、えのきだけ……だが薬に必要な茸は別のものだ。

白樺《しらかば》の木を探して根かたの落ち葉を掻きわけると、探していた茸が現れた。毒々しいまでの真っ赤なかさに白い斑点、茸に無知なものでもその特徴は知っているはずだ。

「ベニテングタケじゃねえか！　なんでまた、毒のあるもんばっかり選ぶんだよ。もっと旨くて安全な茸はあるだろ」

毒だと思ってのんだ薬は効能が振るわないこともある。だが現状では毒があることを隠すのは無理がある。それに薬を食すのは彼らではなく患者だ。だったら、いっそ毒だと言ってしまったほうがいい。

「毒こそが、薬に転じるのです」

「ふうむ……お医者様の考える理屈は難しくて、俺らにはようわからん。薬が効かなかったらその時は、悪いが死んでもらう。……他に足らんもんはなんだ」

「人参と葱、大蒜ですね」

「それなら倉にある」

「残っていた雑穀米もいただいて構いませんか」

「構わんが、ありゃ喰えたもんじゃねぇぞ。粥にしてもぱさついてて、まぁ、腹の足しにはなるが」

残っていたわずかな作物を掻き集めたところで、藍星が重い籠を背負って帰ってきた。

必要な食材を庖厨に運びこみ、いよいよ調薬が始まる。

まずは彼岸花をすりおろして、七度水に晒してから乾し、毒抜きをする。幸い心地のよい秋晴れなので、晩には乾きそうだった。続けて火雀をさばいて煮こむ。

次は毒茸《どくきのこ》の下処理だが……。

「藍星、まだまだ火をつかうことになるから薪を割ってきてちょうだい」

「承知しました。薪ですね」

藍星に外の仕事を言いつけたのは、毒茸を煮こぼす際には蒸気に毒がまざることがあるためだ。慧玲は毒を無効にできるから問題ないが、藍星には耐えられないだろう。後遺症でも残ったら大変だ。

ベニテングタケを煮ては流水に晒す工程を繰りかえす。

毒抜きが終わったベニテングタケを大鍋でしっかりと炒めてから人参、葱を加えた。別鍋では漢方を炒る。胡椒、胡荽子《コリアンダー》、孜然《クミン》、鬱金《ターメリック》、白豆蔻《カルダモン》、肉荳蔻《ナツメグ》、丁香《クローブ》、桂枝《シナモン》、辣椒《カイエンペッパー》と香りが強い漢方ばかりだ。すりおろした大蒜《ガーリック》を加えてから、ふたつの鍋の中身をあわせる。

漢方の生薬を持参してきてよかった。これだけの漢方を集めるのはいくら森が豊かといえども難しい。

「ただいま、帰ってきました」

「お疲れさまです」

乾かしている彼岸花の状態を確認するため、鍋の番を藍星に頼んで庭にむかった。火を強めないように伝えわすれていたことを想いだし、庖厨に戻ると藍星が強張った肩をまるめてたたずんでいた。彼女は袖からなにかを取りだし、鍋に入れようとする。

毒のにおいがした。

「なにをしているの」

藍星の腕をつかむ。彼女の手から落ちたのは毒抜きがされていないベニテングタケだった。こんな物がひとつでもまざれば薬そのものが毒になる。藍星は凍てついたような無表情で慧玲と睨みあった。

沈黙は一瞬だった。

「……ごめんなさあい」

彼女はへにゃりと相好を崩して、取り繕うように笑った。

「一個、余っていたので。てっきり毒抜きが終わっているものだと思って」

見え透いた嘘だ。

慧玲は静かに藍星を糾弾する。

「あなた、患者まで殺すところだったのよ」

藍星は頬をひきつらせながら、あくまで言い訳を重ねた。

「ほんとです。毒だとは知らなくって」

だが、慧玲はそれには取りあわず、緩やかに頭を振る。

「私を殺したいのなら、刺すなり、突き落とすなりすればいい。患者を巻き添えにするな」

藍星が息をのみ、瞳を見張った。

「気づいていたのが意外？」

藍星が慧玲にたいして殺意をいだいていることは逢った時から察していた。

どれほど親しげによそおっていても、感情があるかぎりはふとした時の視線に一滴の毒が混ざる。

「あなたは、私を怨んでいる」

誰かに命じられているだけでは、あれほど暗い眼差しで睨むことはできない。この殺意は彼女自身の毒だ。

藍星はこの期に及んでごまかそうと、わざと情けない声をあげる。

「や、やだなあ。そんなことありませんって。ねえ、いじめないでくださいよぉ」

「だったらなぜ、あの時、茶に毒を盛ったのですか」

休憩の時に藍星が淹れてくれた茶は、毒だった。

訳のわからないものをまぜ、毒をごまかしていたのですぐには気づかなかったが、後になって痺れがまわってきた。幸いすぐに解毒できたが、これまでに飲んだことのない毒だった。

確実に毒を盛ったはずなのに慧玲がなんともないので、藍星は戸惑ったに違いない。それでも動揺をいっさいみせなかったのだから、なかなかの胆力だ。

「毒を盛るほどに私を怨んでいるのでしたら、怨むだけのわけがあるのでしょう。それは構いません。ですが、他者を毒することは、許さない」

患者が毒で死ねば、椙も梓も慧玲を殺そうとするだろう。藍星はそれを狙ったのだ。

藍星がかたかたと震えはじめた。

「わ、私は」

「……間もなく薬が調います」

患者たちの刻限がせまっていることを想いだし、慧玲は言葉の端をやわらげて言った。

「藍星、相さんたちに村中の患者を集めるように知らせてください。眠っておられても、担いで連れてくるように」

「…………了解、しました」

逃げだすように藍星は庖厨を後にする。

誰もいなくなってから、慧玲は緊張の糸が切れたように土壁に背をつけ、重い息をついた。

毒を盛られた時も、さして動揺はなかった。

ただ、胸に棘が刺さったような寂しさがあった。藍星から時々感じる殺意という毒が勘違いだったらよいのに。そんなふうに思いはじめていたことに我ながらあきれた。

それほどに藍星にたいしては、親しみをいだいていたのだ。

なりふり構わずに毒をまき散らすほどに、彼女の怨みが根ぶかいものだとは想っていなかった。ましてこれは、藍星自身が毒味をするものだ。自身も毒をのみ、患者を死なせてまで慧玲を殺したかったのか。

なんて濁った毒。

村民たちにしてもそうだ。朗らかに畑を耕していた彼らがなぜ、人を殺すに至ったのか。涸《か》れた泉の底が覗けたのは一瞬だけだったが、老人もいた。娘もいた。どれほどの怨みがあったのかと想像するだけでも、背筋が凍る。

慧玲は微かに震えだす手を広げ、ぱんっと思いきり自身の頰をはたいた。

薬師が毒に竦んでどうするのだ。わかりきっていた裏切りに傷つくのも、殺人という罪の重さを考えるのも解毒が終わってからだ。

揺らいだ心で務まるほど、調薬というのは易いものではないのだから。

◇

暮れだす日に急かされるようにして、患者たちが続々と担ぎこまれてきた。

一様に痩せ衰え、顔の上部は白濁した結晶に覆われている。時々うなされて、幼い子どものように親に助けをもとめていた。椙の息子もいれば、梓の息子や旦那もいる。羅に暮らす村人全員が集まることになった。

「小姐ちゃん、言われたとおり連れてきたが……ここまで運んでも、起きる気配もない。薬なんぞ、とても飲めそうには」

「だいじょうぶです。これを嗅いだら、かならず意識を取りもどしますよ」

慧玲は胸を張って鍋の蓋を開ける。温かな湯気と一緒に、強い香りが弾けた。

「なんなんだ、このにおいは」

「嗅いだことのない香りだけんど……なんだか、お腹が減るねえ」

椙と梓が顔を見あわせた。

食欲を刺激する香りに患者たちが「うう」と呻きながら、意識を取りもどす。背を支えられ上身を起こした患者たちはまだ夢のなかにいるようで、家族の呼びかけにもこたえない。

それなのに、誰からともなくこぼす。

「……腹、減った」

食べたいという本能は生きたいという望みに他ならない。それがあるかぎり、薬はかならず効能を発揮できる。

大鍋から木製の皿に煮こみをよそい、患者たちに差しだす。

「どうぞ召しあがってください、珈哩《カリィ》です」

炒めた飯に漢方たっぷりのとろみがかった煮こみがかかっている。具は人参や茸、匙でほぐれるほどに柔らかくなった鳥肉と砂嚢《すなぎも》だ。時間をかけて煮こまれた具はどれも旨そうだった。

「あれが薬……なのか」

みな一様に息でなく、唾をのむ。

「毒味をするというお約束でしたね、藍星」

「え、……は、はい」

匙を渡された藍星は微かに震えていた。それでもなんとか頰をもちあげ、「いただきます」と匙を口に運んだ。

「…………」

終わりのないような沈黙が垂れた。

「どうしたんだろ」

「まさか毒なのか？　確かに毒みたいな食材ばっかだったが……」

薬を含んだままで黙り続ける藍星をみて、皆が段々とざわつきはじめた。これで藍星が苦しみだす振りでもすれば、患者に薬を飲ませることは不可能になる。

（藍星……患者たちが助かるかどうかは、あなたにかかっている。私のことはいくら怨んでいてもいい。でも、どうか）

慧玲は唇をかみ締め、瞼を塞いで沈黙する藍星を見つめ続けた。

葛藤を経て、藍星が睫をほどく。星のような泣きぼくろにひと筋、涙がこぼれる。

「…………おいしい」

彼女は崩れるように笑った。こんなにおいしいものを食べて、嘘はつけない。悔しいが、負けたとばかりに。

「さあ、それでは患者たちにも」

慧玲にうながされ、患者の家族たちは珈哩を匙ですくい、患者に差しだす。患者はまだ夢と現《うつつ》のあいまを彷徨いながらも香りに誘われて口を開けた。

「……ああ……」

患者たちが感嘆の声をあげる。言葉にならない声がなによりも雄弁に「満たされた」という本能からの歓喜を物語っていた。目もとを覆う結晶のすきまから、涙の雫がにじみだす。

「旨いか！　そうか、そうか……もっと食えよ、ぜんぶ食ってくれ」

椙が嬉しそうに息子の頭を撫でた。息子はとうに而立《じりつ》（三十歳）を過ぎているが、それでも親にとってはいつまでも子どもなのだ。

水晶が毒のもとだったため、水毒をともなってはいるが、毒の根幹にあるのは金の毒だ。加えて、村の民に殺された人々の血もまた金の毒を含む。

鉱物は火によって融ける。金毒を解くには火の薬だ。水の毒に敗けないほどに強い火の薬が望ましいが、強すぎる火は衰弱した患者の身に障る。

だからベニテングタケに含まれる土の毒を取りいれた。この茸はかつて覚醒をうながすための神経刺激薬としてもちいられた。加えて、土は水を吸収する。水さえ絶ってしまえば、火の薬はそれほど強くなくとも構わない。

火の薬としての効能をもっているのは鉱物を啄《ついば》む火雀の砂嚢と、彼岸花だ。

彼岸花の球根は毒を抜いて乾かせば、でんぷんになる。これは飢饉の時に食されるれっきとした救荒食物だ。粉を練ってだんごにすることもできるが、意識が朦朧《もうろう》としている患者にはむかないので咖哩のとろみをつけるのにつかった。

患者たちは衰弱しているため、滋養強壮の効果がある大蒜、眼に効能のある人参をいれた。もとより異境では、咖哩は究極の漢方食といわれている。例えば、咖哩にかならず入れる孜然《ズーラン》は消化を助け、胡荽子《コズイシ》には滞積した毒を排出する効能がある。

じんわりとした辛さが後からきいてきたのか、患者たちの凍えきっていた肌から汗が噴きだしてきた。毒素を排出する汗の働きで瞼を覆っていた結晶が融けて、剝がれ、縮んでいく。食べ終わったとき、ちょうど最後の塊がこなごなに砕けた。

悪夢から解きはなたれるように患者たちはゆっくりと瞼をあげる。

「親父《おやじ》……？」

「……すまん、辛かったろう……すまんかったなあ……」

洟を啜りながら、椙は息子を抱き締めた。梓もまた旦那と我が子を抱き寄せ、声をあげて泣き崩れている。それぞれがそれぞれの家族を抱き、あるいは一家で倒れていたところは互いに顔を見あわせ、笑いあった。

「小姐ちゃん……あんたは恩人だ。ほんとうにありがとう」

椙が頭をさげた。続いて梓が感謝の言葉を言おうとしたが、さきにぐうと腹が鳴る。

「あ……」

梓が恥ずかしそうにうつむいた。

「みてたら、お腹さ、減っちまって」

「確かになあ、薬とは思えねえくらいに旨そうだもんな」

いつのまにか、夕餉の時間帯は過ぎていた。

好都合だ。発病していないだけで、すでに毒に侵されているものもいるはずだ。食による薬は未病をも治療する。

「炒飯《チャーハン》はもうないのですが、彼岸花の球根で焼いた餅《ピン》に珈哩をつけて食べるのも美味しいですよ。すぐに焼きますね」

こういう薄い餅を、遠い異境ではナンというのだったか。焼きあがった餅をそえて全員に珈哩を配った。餅に珈哩を滴るほどにつけて、勢いよく頬張る。

「……なんだこれ！　舌が燃えやがる！」

「嗅いだことのない香りさ、鼻のなかで弾けて……！　こんなの、知らない！」

相と梓が驚嘆の声をあげた。

「なのに、とまらねえ」

「いくらでも食べられちゃうよお！」

がつがつと珈哩を搔きこむ。

「強い味なのに、まろやかで深みがあるな。これは茸の旨みか？」

「ご名答です。毒抜きした茸を炒めてから煮こむと、漢方をいれても茸の旨みが最大に残って、極上の咖哩になります」

薬のためにベニテングタケを選んだが、椎茸、マッシュルームでも極上の味になる。

「……小姐ちゃんの飯は変わってるな」

「異境の薬膳ですから」

「いや、薬になるとか、変わった食材からできてるとか、そういうのじゃなくて……食ったことのない味なのに、なんでだろうな、懐かしいんだよ。食う奴のことを考えて、つくってるからだろうな」

椙は辛さからか、あるいは感傷からか、ひとつ鼻を啜って、また掻きこむように食べだす。

村人たち皆で大鍋の底までたいらげた。

日はすっかりと落ちて、真昼の晴れやかな青空が嘘のように強い雨が降りはじめた。

患者をそれぞれの家に帰してから、椙が地に額をこすりつけた。

「……小姐ちゃん、殴ったりして悪かった。痛かったろう」

「頭をあげてください」

慧玲が腕を差し延べる。腹を括ったように椙は強い眼差しで口を開いた。

「小姐ちゃん、頼みがある。俺の話を聞いてくれないか」

「聞かせてくださるのでしたら」

鍬だけを振るい続けてきた農夫ばかりだ。雉の頭を落とすこともためらい、命を喰らうことにも抵抗があった。どれほどの怨みがあれば、あんな惨事に踏みきれるのか。

「俺たちゃ、昔からこの羅に暮らす百姓だ。んだが制度が新しくなって、官戸がここいらの土地を管理するようになった。それは構わん。だが、他所からきた官戸つうのが碌《ろく》でもない奴らだった」

佃戸制は先帝が壊れてから、新たにできた制度だ。官戸には地方士族や昔ながらの豪族が就くこともあるが、都の士族に管轄権が与えられることもある。

「士族だかなんだか知らねえが、奴らは鍬を握るどころか、畑なんかただの一度も覗きにもこねえくせして、収穫物だけは根こそぎもっていきやがる。俺たちは雑穀の粥ばっかりなのに、官戸の奴らはいいもん喰って、どんどん肥えて……」

それだけじゃねえと椙は唾を散らして声を荒げた。

「奴らは気に喰わねえことがあると、すぐに笞《むち》で俺たちを殴る。若者は散々殴られてこきつかわれ、娘らは……玩具《おもちゃ》みてえにつかわれて」

後ろに黙っていた梓がぎゅっと身を縮めた。

「……辛抱ならんかった。あいつら、俺たちを奴婢だと思ってやがる」

皺《しわ》に埋もれた瞳が、どろりと怨嗟に濁る。

彼らがどれだけ堪え続けてきたか。その瞳を覗くだけでも想像がつく。

「だから、蛟様に喰っていただいた」

怨嗟は毒だと、もはや語るべくもなかった。それが猛毒であったことを彼らはすでに知っている、その身をもって。

「それからしばらく経って、地震があって——こんなことになっちまった」

その時の彼らの絶望は言葉につくせないものだろう。祟りだと思いこむほどの恐怖だ。

「あの泉は、もとから金に強く傾いた土地です。その影響で地下鉱脈から金の毒が噴きだしている。水晶というものは通常、地上では成長しません」

もとはそうした調和の崩れた地に踏みいったり家などを建ててしまい、心身に異常をきたすことを地毒の障りといった。本来地毒とは局所的かつ限定的に表れるものだった。

「ただでも強烈な金の毒が渦まく泉に死の穢れが投じられた。死穢は金毒を帯びます。金の毒を吸い水晶が異常な成長を遂げ、地割れを起こした。地毒を帯びた泉の水が水路に流れこんで畑にそそぎ、このような毒疫となったわけです」

すべてが最悪の重なりかたをした。或いはこれも天毒の障りか。

「……なあ、食医の小姐ちゃんよ。一連の事件を報告するんなら、その時は、俺がひとりでやったことにしてくれねぇか？」

梓は青ざめ、慌てて声をあげた。

「椙さん！　そんなの」

「老いぼれひとりが捕まって、首でも刎《は》ねられて全部が終わるんだったら、それがいい
……羅を開墾した先祖にも頭をさげにいかねえと」

残っていた他の村人たちも「椙さん」と縋ったが、彼は腹を据えている。椙があらためて頭を低くさげた。

「頼む、小姐ちゃん」

「私は食医です。毒疫を治療するためにきました。私がついた時には官戸はすでに毒に侵され、命を落としており、助けられなかった。……お悔やみ申しあげます」

慧玲が言わんとしていることを理解して、椙は眼を見張る。

「罰ならば、あなたがたはすでに受けた。いえ、これからまだ、続きます」

知恵をつくして飢えを乗り越え、春を迎えた後は地毒に侵された棚田を棄《す》てて、新たな田園を造らなければならないのだ。

「私からお渡しできる知識ならば、教えられるかぎり、託します」

「ああ、恩にきる」

かみ締めるように頷き、椙は笑った。

「だいじょうぶさ。俺たちゃ百姓は、しぶといからな」

彼らの瞳に絶望はなかった。後悔で終わらせるのではなく、教訓とするべく進む。それこそが生き残ったものにできる、ただひとつの償いなのだから。

◇

田舎の晩は騒々しい。

蛙の歌が絶えることなく響き続けるなか、時々梟《ふくろう》の声が割りこみ、秋の虫たちまで賑やかな宴を催している。

疲れきって、夢すらも視ない眠りの底に落ちていた慧玲は、肌に突き刺さるような殺意に眠りを破られた。

睫をほどいた緑眼に映ったのは藍星だった。青銅の短剣を握り締めている。

（ああ、私を殺しにきたのか）

表情は影に覆われているが、微かに月に照らされた瞳はひどく強張っていた。泣き崩れそうになりながら、なんとか意地だけで踏みとどまっているような、あどけない揺ぎがある。

藍星が息をつめ、短剣を振りおろす。

「っ……」

慧玲の胸を貫くぎりぎりで、彼女は短剣の軌道をそらして寝床に突きたてた。藁のくずが舞いあがり、細かな埃が月明かりのなかで結晶のようにきらめく。果敢《はか》ない輝きを瞳に映しながら、慧玲は微動だにせずに藍星を振り仰いでいた。

「……なんでなんですか」

藍星が声を荒げた。

「なんで《渾沌の姑娘》でいてくれないんですか！　貴方が傲慢で意地悪なお姫様だったら、私はためらいなく貴方を殺せたのに」

藍星の瞳から涙がこぼれだす。

「先帝は、あなたの大事なものを奪ったのね……」

彼は渾沌という異称にふさわしく、暴虐で悪辣だった。あらゆるものを無差別に奪い、傷つけ、毒した。

「……私の父は、先帝に忠義をつくした兵部《へいぶ》尚書《しょうしょ》でした」

兵部尚書といえば、国防を掌《つかさど》る官僚である。人事や兵站《へいたん》を請け負う責任のある役職だ。

「真面目一徹で、勤勉な御方でした。私たち家族の誇りだった。でも先帝は、そんな彼を些細な失態ひとつで死刑に処しました。……わかりますか。久し振りに宮廷から届いた荷を解いたら、箱に父の首が収まっていた時のきもちが」

彼女の絶望を想像することは、できる。慧玲もまた違ったかたちで、敬愛する父親を喪ったからだ。

「幼い妹や弟は父が都のお土産でも贈ってくれたのだろうと思っていました。無邪気な歓声が悲鳴にかわって。お母さまはそれきり心を壊しました。ねえ、教えてください。お父さまがなぜ、あんなふうに死ななければならなかったんですか」

許せない——藍星は呪うように呻いた。

「いつか、先帝を殺そうと誓いました。お父さまが遺したこの短剣を握り締めて。それだけがよすがでした。でも、先帝は処刑されて」

琴の糸が切れるように声が震える。

「怨みだけが、残されました」

彼女は愛する者を喪い、怨むべき者まで喪ったのだ。怨むことで心壊さずに立ち続けてきたのに。標《しるべ》もない暗闇のなかに投げだされたような絶望感に苛まれたに違いない。

「そんなとき、先帝の姑娘が後宮にかくまわれている、という噂を聞きました。嬉しかった。やっと、怨みを晴らせると想いました」

藍星の瞳が陰る。

「……なのに、殺せなかった」

そう言って彼女はひとつ、悔し涙をこぼした。

わずかな沈黙を経て、藍星はひと息に帯をほどいて女官服を着崩す。

「みてください、これ」

月影に晒された彼女の胸は、ひび割れていた。剝がれた肌のひびからは、黄金がかった青銅が覗いている。金と緑がまざりあったそれは、月を映して硬い光を散らす。傷を埋めるはずが、却って痕が塞がらないように呪いをかけてしまったような。さながら、いびつな金継ぎだ。

「金の毒……」

「やっぱり、そうなんですね」

患者をみた時に藍星がひっと声をあげたのは、みたこともないような病態だったからではなく、自身の患部と重ねたからだったのか。

「もうじき、私は死にます。だから、もういいの」

剣の先端がまわされる。藍星はみずからの喉を貫こうとした。慧玲が「藍星！」と声をあげ、彼女を制《と》めようと腕を伸ばす。

「……っ」

藍星はがたがたと震え、どうしても自害することはできなかった。逡巡して項垂れた彼女の手から、慧玲はそっと短剣を取りあげた。

「毒のもとはこの短剣です。青銅に毒はありませんが、これは造られてから時が経ちすぎています。私に薬を調えさせてください」

この毒ならば、すぐにでも薬を調えられる。だが患者に解毒の意がなければ、薬があっても助けられない。

藍星は唇をひき結んで、黙り続けている。

彼女は死にたくはないはずだ。だが復讐を果たせなかったならば、死を択《えら》ぶべきだとも考えている。まして仇敵《きゅうてき》の姑娘に助けられるなど、許されるはずがない——だが、いったい、誰が彼女のことを許さないというのか。

彼女は仇《あだ》を取ることで、父親に許されたいと望んでいる。だが、死者はどうあろうと許してはくれないし、許さずにいてもくれない。

「あなた、ご家族には復讐のことを告げず、後宮にきましたね？　妹さんや弟さんが帰りを待っておられるはずです」

藍星の瞳が揺らいだ。

「……生きたいと言ってください」

慧玲は静かに訴えた。

藍星を死なせてなるものか。

頭に過ぎるのは凬妃の後ろ姿だ。凬は薬を拒絶し、火の毒に蝕まれて燃えた。骨も残らなかった。あんなことを繰りかえすのはごめんだ。

藍星の肩をつかみ、慧玲は声を荒げた。

「言いなさい！」

濡れた瞳を歪め、藍星は強張る喉から声をしぼりだす。

「……死にたく、ない……」

たったひと言。けれど嘘のない声だった。

慧玲は頷く。患者に意思があれば、毒はかならず解ける。


銅にできる緑青という錆は、有毒だといわれる。これは誤解だが、ごくまれに老いすぎた青銅が毒に転ずることはある。地脈のなかで眠り続けているあいだ、鉱物は老いることがない。しかしながら人の手によって睡眠を破られた鉱物は、老ける。人の髪に霜が降るように錆がまわるのだ。

この剣は藍星の一族が継承し続けてきた秘蔵の品だという。みるかぎりでは、鉱脈から採掘されて千年は経っている。そろそろ眠りたいに違いない。

同じ金の毒でも水晶を介する毒と青銅から溢れだす毒とでは異なり、毒を解くための薬もまた違う。彼岸花は金の毒に克つ強烈な火の毒にして薬だ。しかしそれだけでは錆の毒は解毒できない。だからあるものとあわせる。

「……調いました。珍珠《タピオカ》入り山葡萄《やまぶどう》酢です」

できあがったのは透きとおるような赤紫の飲み物だった。底には真珠を想わせる珠がしずんでいる。藍星は一瞬だけ、ぱっと瞳を輝かせたが、すぐに唇の端を結んだ。

「飲んでくれますね？」

「……飲みます。死にたく、ないですから」

藍星は震える指で杯を傾ける。赤紫の清らかな薬が穏やかに波打った。

「……ほんとにおいしいんだから、いやになりますよね。蟬の抜け殻も彼岸花も、全部。貴方の薬はおいしい」

降参するように彼女は微かに苦笑した。

「これはなんですか？　甘酸っぱくてさわやかな味ですけど」

「蜂蜜が余っていたので、蜂蜜と酢をあわせ、熟した山葡萄の実を漬けておいたんです。後々、なにかの役にたつと思って」

時間が経つと熟成して、まろやかな果実酢ができる。それを水で割れば、健康によい飲み物になるのだ。

酢にふくまれる酸は錆を分解する。金の毒の解毒に最適だ。

「それじゃあ、底にあるのは？　むにむに、もちもちしてて楽しい食感ですけど」

「珍珠といいます。ほんとうはキャッサバという芋の根からできるんですが、この森にはないので、彼岸花から造りました」

布に包み振りまわして丸めたでんぷんを炒ってから茹でれば、珍珠のできあがりだ。

その時だ。硝子《ガラス》の杯が共振するような奇妙な音が響いてきた。あろうことか、藍星の胸から聴こえる。

「な、ななっ、なんですか、これ」

胸のひび割れから、ぼろぼろと緑青が剝がれてきた。残された浅い傷から、じわりとにじむように血潮が溢れだす。

「いった……やだ、こわいっ……なんで、傷」

藍星は死を考えていたくせに傷の痛みを怖がる。よいことだ。死にたくないという意志があるかぎり、毒はかならず解ける。

「肌がひび割れているのに、これまで痛まなかったことがまさに毒の影響だったんですよ。我慢してください。今は痛んでも、傷はすぐに塞がりますから」

「っ……わかりましたよ、我慢します」

最後の青い錆がぼろりと崩れた。怨み続けなければ。殺さなければ。死ななければ。そんな傷ましい呪詛が解けるように――

「………ひとつ、教えてください」

沈黙を経て、藍星が尋ねてきた。

「貴方は、誰にでも薬を差しだす。殺されかけても、怨まれてても……ねえ、おかしいじゃないですか。患者が医者に助けをもとめるものなのに、これじゃまるで貴方のほうが患者に助かってくれと頼んでいるみたい。貴方は医者で、薬師で、患者の命を握っているはずなのに……なんで」

慧玲は緑の双眸を細め、微笑む。微かに孔雀の笄が鳴った。

「食医で、薬師だからです。医の道に携わる者が患者の生殺与奪を握ることはない。私たちにある選択肢はひとつです」

「生かすこと？」

いいえと頭を横に振る。

「天命には抗えぬこともあります。人の身たる私たちにできるのは、患者が楽であるよう力をつくすことです」

意外だったのか、藍星が瞬きをする。

「患者の苦を取りのぞいて楽になるように働きかける。それが薬のあるべきかたちです」

藍星は眦を緩めた。

「懐かしい……。お父様が、いつだったか、似たようなことを」

「兵部尚書が、ですか？」

「兵部の心得じゃなくて父個人の言葉です。帝は〈民草が楽であれと務める者だ〉と。

だからこそ、臣《おみ》が命を賭して身を奉るにふさわしいのだと」

藍星はそこまで語ってから徐《おもむろ》に背筋を伸ばした。慧玲の姿を焼きつけるように見据えたあと、神妙に額づく。

「明藍星。この時より蔡慧玲様に忠誠を誓い、命あるかぎりお仕えいたします。……先帝じゃなくて貴方が皇帝だったらよかったのに」

「……私が男だったら、今頃処刑されていますよ」

慧玲は苦笑した。

先帝の実子はそもそもが危険な火種だ。慧玲が嫡男であれば、現皇帝も排除せざるを得なかっただろう。現帝は慧玲が姪だから慈悲をかけているわけではない。白澤の叡智が必要だから、一時処刑を取りさげただけに過ぎない。つい先日も綱渡りをした。あの時、慧玲の首が落ちてもおかしくはなかった。

これからもそんなことの繰りかえしだろう。

「後宮から逃げようと思ったことはないんですか」

思考を読んだように藍星はそんなことを問い掛けてきた。

「貴方つきの女官になって思い知らされました。食医として貴方を必要とするものはいても、実際のところは敵だらけ。いえ、食医として昇進するほどに貴方を疎むものは増え続けるはずです」

「わかっています」

「だったら逃げませんか。貴方ほどの能力があれば、何処でもやっていけるはずです。私が……貴方に盛ったあの毒は、後宮で逢ったことのない妃嬪からもらったものです。私が貴方を殺そうとしていることを知っていて……あれをくれました」

それはつまり、慧玲を殺したいものが他にもいる、ということか。

「逃げませんよ。私には、なさねばならないことがあるから」

それに、彼女はどうあろうと後宮から離れることはできない。皇帝もそれを知っているから、彼女を後宮の外部へと派遣したのだ。

「さ、そろそろ朝餉の用意を……」

話を終え、腰をあげた慧玲は激しい眩暈に見舞われ、その場に倒れこんだ。

「慧玲様！」

慌てて駆け寄ってきた藍星が慧玲の額に触れる。

「熱っ！　ひどい熱ですよ。人を呼んできますっ」

「まって」

誰かを呼びにいこうとする藍星の袖をつかんだ。

「内緒にしてください。だいじょうぶですから。すぐによくなります。それよりも朝餉のために大鍋いっぱいの湯を沸かしておいていただけませんか」

「………わかりました」

藍星は不承ながらも頷いて、庖厨にむかった。

そろそろ限界だと、予想はしていた。だがよかった。調薬の時にこうも強い眩暈があったら、解毒に失敗していたかもしれない。慧玲はひとり、安堵の息をつく。

慧玲は袖から彼岸花の球根を取りだして、毒抜きのできていないそれに喰らいついた。かみ締めるほどに舌が痺れ、身のうちが燃える。

それでも彼女は飢えたように毒を貪り続けた。

◇

十日が経って、後宮から迎えの馬車がついた。

慧玲はそれまでに冬を越えるための知識を可能なかぎり農民たちに教えこんだ。燻製《くんせい》の調理に始まり、罠猟の手順、藁くずで造るもちのつきかた――彼らにとっては慣れない食べ物ばかりだったが、実食させ、これならば食えると納得させた。

「小姐ちゃん、ほんとに帰っちまうのか」

「せめて、あと七日くらいおってくれても。まだまだ教えてほしいことさあるのにねえ」

惜しまれつつ、慧玲は藍星を連れて馬車に乗る。農民たちの態度の変わり様に馭者があ然としていた。

彼らは確かに殺人という毒をなした。けれど穏やかな農民を毒にしたものがいたのもまた事実だ。

「最後にお伝えしたいことがあります」

馬車の窓に駈け寄ってきた椙と梓に慧玲は語りかけた。

「現在の灌漑を塞いで、新たな水路を設けてください。畑に残留した石英は二年から三年経てば火雀が残らずたいらげてくれるはずです。……ご先祖の畑です。どうかこれからもお大事になさってください」

慧玲の言葉にふたりは瞳を潤ませ、ありがとうありがとうと頭をさげた。

羅は険峻《けんしゅん》な峡谷地帯だ。急崖に棚田を造るのにどれほどの苦難があっただろうか。羅とは網を表す。それこそ山峡に網をかけるように開墾したのだろう。椙は「土地を開墾したご先祖に申し訳ない」と何度も口にしていた。

「羅ではむこう五年は収穫が見こめないと、皇帝陛下にもお伝えしておきます。皇帝陛下はご温情のある御方ですから、免税をお考えいただけるかと」

皇帝が動かないのは事態の把握をしていないためで、皇后陛下を通じて報告すれば、適切な処置をしてくれるだろう。

「何から何まで、恩にきる。達者でな、小姐ちゃん」

「皆様もどうか無事に春をお迎えできますように」

馬車が動きだす。手を振り続ける村民に、慧玲は窓から身を乗りだして袖を振りかえした。皆の声が聞こえなくなってから、藍星が心配げに顔を覗きこんできた。

「体調はだいじょうぶですか」

「すっかりと。たぶん、疲れていたのでしょう」

嘘だ。体調は悪化し続けている。熱は落ちついたが、朝から晩まで割れそうな頭痛に苛まれ、食欲もない。だが体調不良の理由を理解している慧玲は落ちついていた。

(あと三日、乗りきれば)

あれきり調薬がなかったのは幸いだった。毒を扱う時はわずかな失敗も許されないが、この体調では神経を集中し続けるのが難しい。

気を紛らわすために窓の風景に視線を移せば、すでに落葉が始まっていた。腕を伸ばして舞い落ちる銀杏《いちょう》の葉をつかむ。森は錦の衣《きぬ》をほどいて、今度は雪の白綿をまとい、春まで眠りにつく。万物は盛りては衰え、滅んでは甦ってを繰りかえす。

彼らの祖先から受け継いだ地もしばしの眠りにつき、かならず甦る。

◇

後宮は華やかな秋の盛りを迎えていた。

羅と違って後宮の秋は暖かく、降りしきる陽光にはいまだに夏の余韻が残っていた。

報告のため貴宮に赴いた慧玲は橋のたもとにいる衛官にとめられた。

「なにかあったのですか」

「皇后陛下はご就寝しておられる。眠りを破ることは何人も許されぬ」

時刻はまだ昼になったばかりだ。昼寝ということだろうか。

「何時頃でしたら、お逢いできますでしょうか」

「明日か明後日《あさって》か……」

そんな眠るはずがないだろうに。会わせてもらえない理由でもあるのだろうかと疑った。報告だけならば日をあらためても構わないのだが、慧玲にはすぐにでも欣華皇后に会わなければならない事情がある。

「どうしてもお目にかかりたいのです」

「ならぬ。皇后陛下がお眠りになられている時は女官でも入室できない。皇后陛下は一度お眠りあそばされると、ひと月でも眠り続けられるからな」

しらっと言われた言葉に思わず頰がひきつる。

(皇后さま、熊じゃないんだから)

慧玲の胸のうちを知ってか知らずか、宦官の衛官は幸せそうに恍惚《こうこつ》と笑った。

「欣華皇后は天仙のような御方だ。あの御方のことならば、何があろうと驚かんさ。皇后陛下にお仕えできて、無常の喜びだ」

完璧に話が明後日の方角にずれはじめている。

確かに欣華皇后は幽玄な雰囲気を漂わせているが、生身だ。いくらなんでもひと月も飲まず食わずで眠り続けたら、衰弱するはずだ。

「……そういうわけで、貴宮には」

からからからと遠くから車輪の音が響いてきた。

橋の先に視線を走らせれば、ふたりの女官をひき連れて欣華皇后そのひとが姿を現す。

「まあ、慧玲、無事に帰ってきたのね。よかったわあ」

衛官は仰天し、慌てて跪いた。慧玲もすぐに袖を掲げて、頭をさげる。

「ただいま帰還いたしました」

「心配していたのよ。大変な旅だったでしょう? 瘦せたのではない?」

皇后は慧玲を抱き寄せ、ねぎらってくれた。慧玲は恐縮して、いっそうに低く頭をさげる。渾沌の姑娘などが皇后に褒められていては衛官が気分を害するのではないかとおそるおそる窺ったが、そもそも彼は欣華皇后に逢えた喜びで魂が抜けそうになっていた。

「……あの、ご就寝になられていたのでは」

「貴女が帰ってくる頃だと思って、起きたの。ちょうどよかったみたいね」

皇后に報告しなければならないことばかりだが、さすがにこんなところで諸々を報告するわけにもいかず、慧玲は皇后に従って貴宮にむかった。


「……つきましては、こちらを陛下にお渡し願えませんでしょうか」

羅で蔓延していた毒疫は解毒できたが、田の修復までには五年ほど掛かるため、凶作が続くと報告した。最後に免税の嘆願書を渡す。欣華皇后は快諾してくれた。

また、羅に派遣されて死亡した官吏たちが水晶を持ち帰っている危険があるので、市場に転売などされていないか確認を頼む。都に毒疫が持ちこまれては大変だ。

「ほんとうに素晴らしい働きだったわね。さすがは妾の可愛い食医さんね」

欣華皇后は満足そうだ。

「……最後にふたつ、お尋ねしても宜しいでしょうか」

「まあ、なにかしら？　妾にわかることだったらいいのだけれど」

乾いて青ざめた唇をひき結んでから、慧玲は問いかけた。

「藍星は兵部尚書の姑娘だそうですね。皇后陛下はご存知だったのでしょう？」

正確には、復讐を諦めかけていた藍星に、先帝の姑娘が生き延びていることを報せたのは皇后であろうと。

「だって、貴女はいかなる毒をも絶ちて薬に転ずるのでしょう？」

欣華皇后は、桜が綻ぶようにうっそりと微笑んだ。

「現に藍星の毒も薬にした。貴女は妾の想ったとおり、素晴らしい白澤の姑娘よ」

皇后はわずかな悪意も覗かせず、称賛する。

「……有難きお言葉です。藍星に毒を渡したのも、皇后陛下ですね」

藍星は会ったことのない妃嬪だったと言っていた。後宮で顔をあわすことがないのは貴宮の女官くらいだ。

「ええ、とても貴重な毒を貴女のために取り寄せたのよ。……助かったでしょう？」

毒に侵された時のことを想いだす。痺れに始まり割れそうな頭痛に見舞われ、しばらくは転げまわった。心の臓が暴れ続け、肋骨をつき破るのではないかと想うほどに苦しかった。それでも――あの時、慧玲には毒が必要だった。

あれがあったから、患者たちの解毒が終わるまで体調を崩さずに済んだのだ。

皇后のそれは厚情だ。だから彼女は降服するように頭をさげた。

「ご恩に報いるべく、これからも努めて参ります」

「疲れたでしょう。今晩はゆるりと旅の疲れを取ってね」

慧玲が咄嗟に視線をあげ、物欲しげに皇后を振り仰ぐ。そろえた指が震えだして、はたと我にかえり、慌てて頭をさげる。鏡のようにみがき抜かれた石の床に自分の顔が映っている。

なんて荒んだ瞳をしているのだろうか――

飢えて渇ききった瞳は実の姑娘を殺そうとした時の先帝の眼とも重なった。皇后はそんな彼女の様子をみて、慈悲を施すように袖を差しだす。袖に結わえられた鈴が鳴る。

「陛下からお預かりした例の盃は、すでに離舎に届けてあるわ。……あんなに強い毒でもたりなかったのね？　こんなに飢えて……」

盃と聞いただけで飢えがこみあげ、慧玲がごくりと喉を動かす。皇后は緩やかに身をかがめて頭上から囁きかけてきた。

「……可哀想に」

哀れみの言葉と一緒に花の香が降ってきた。息もつまるような強い香りだった。

◇

上弦の月には疎らな雲が掛かっていた。

冥暗のなかで提燈も提げずに青竹の間を進む人影があった。鴆だ。彼にしては珍しく物音を殺さずに笹を踏みわけ、慌ただしく離舎にむかっていた。

鴆が宮廷に帰還したのは慧玲が後宮に帰ってきて、一刻ほど経った後だった。皇后のもとに報告にむかうと、彼女は鴆の功績を称えて満足そうに微笑んでいたが、ふっと眉を曇らせた。

「慧玲も先ほど帰ってきたのだけれど……陛下から、盃を賜ったわ」

鴆は耳を疑った。

宮廷で盃といえば毒盃のことだ。皇帝が彼女に死を命じたということになる。狼狽《ろうばい》を覗かせそうになり、すぐに隠した。

「なぜ、その話を私に？」

「だってあなたは彼女のことが好きでしょう」

不意をつかれ、今度こそ眉の端を動かさずにはいられなかった。好きだとか愛だとかという言葉を女はやたらと好む。

（ばからしい）

かといって皇后に言いかえすわけにもいかず、鴆は敢えて慇懃《いんぎん》に頭をさげた。

「ご高察のとおり、愛しい彼女の身が気に掛かりますので、これで失礼いたします」

後ろから「まあ、可愛くないひとね、ふふふ」と笑い声が追いかけてきたが、鴆は振りむかなかった。

貴宮を後にした鴆は離舎に続く竹林を進みながら、訳のない苛だちを感じていた。他人のことでこうも情緒を掻きみだされたことはない。誰かにたいして考えることがあったとすれば、どうやって殺すか、だけだ。なのになぜ、彼女のことにかぎって胸を離れないのか。

好意かと問われれば、違う。

けれど執着している。執着せずにはいられなかった。

（慧玲……ほんとうに劇毒《げきどく》みたいな姑娘《おんな》だよ、あんたは）

離舎は静まりかえっていた。ここが静かなのはいつものことだが、燈火がひとつもついていないのは妙だと感じた。

「慧玲、いないのか」

部屋に踏みこむと、しみついた漢方薬のにおいがした。壁には百味簞笥がならんでいる。薬を調えるために必要なものを除けば、私物といえるものは一切ない。殺風景な部屋の隅で、壁にもたれて倒れている慧玲がいた。

眠っているのか。それとも――確かめようと腕を伸ばしかけたとき、風が吹いて円窓から青ざめた光が差した。

鴆は思わず息をのむ。

月明かりに映しだされた姑娘の横顔が、あまりにも奇麗だったからだ。白磁を想わせる頰に貝殻のような耳。銀糸の髪がひと筋、血潮に濡れた唇に張りついている。会えば透きとおる緑眼《ひとみ》で果敢《かかん》に睨みつけてくる彼女が、今は睫すら動かさない。

誘われるように身を寄せかけた彼は、足許に倒れていた錫《すず》の盃を蹴って我にかえる。

毒盃だ。

「慧玲……」

肩をつかみ、揺さぶる。

帯がほどけていたのか、青緑の襦《どうぎ》が肩からすべり落ちて、素肌があらわになる。

鴆が絶句する。肩から胸にかけて刺青《しせい》に似た紋様が浮かびあがっていた。孔雀の羽根を象《かたど》ったその紋様は青い光を帯び、呼吸するように緩く明滅を繰りかえしている。

「これはいったい」

鴆がつぶやいたのがさきか、慧玲が突如として声をあげた。

櫺子《れんじ》が細かく震えるほどの絶叫をあげながら、慧玲は襦裙《きぬ》をかきむしり、ひどく錯乱する。板を搔いた爪がばきりと割れた。鴆は咄嗟に彼女をはがい締めにして、取り押さえた。

（毒の影響か）

慧玲はなおも腕をばたつかせて鴆を振りほどこうとしていたが、ふっと抵抗がなくなった。彼女は感情のこもらない声でぽつりとこぼす。

「…………ごめん、なさい」

息も絶え絶えに彼女は鴆の袖をつかむ。

「……さま、ごめんなさい……もう、逃げたり、いたしません。だから、どうか」

慧玲の瞳に映っているのは鴆ではない。悪夢に毒された瞳から涙が溢れだす。唇を震わせ、彼女は懇願するように言った。

「どうか、私を喰らってください……」

それきり、彼女は再び気絶する。力の抜け落ちたその身を抱き締め、鴆は視線を彷徨わせる。日頃の強かな態度からは想像もつかないほどにその身は軽く、いまにも壊れてしまいそうだった。

（……なんでこんなに心を乱されるんだ。僕らしくもない）

月が雲に喰われて陰る。

孔雀の紋様だけがあえかに光を帯びていた。

◇

錫の盃には特別な毒がそそがれている。

毒に強い慧玲でも地獄をみるほどの猛毒だ。腹が燃えて胸は凍てつき、頭は軋み、意識は崩れる。それでも彼女は毒をのむ。

解毒が終わり、意識を取りもどした慧玲は微かに煙の香を感じた。誰かの腕に抱きかかえられていると気づき、瞼をあげれば、月影を宿して瞬く紫の眸があった。

「ああ、おまえなのね」

嗄《か》れた喉から声をしぼりだす。

「……あんた、身のうちになにを飼っている？」

「そう、紋をみたのね」

解毒を終えれば紋様はなくなる。鴆が解毒の最中にきたのだとすれば、酷い醜態を晒していたに違いない。羞恥はあるが、藍星に知られなくてまだよかったと安堵する。

「あれは毒を喰らう毒よ」

鴆は解せないとばかりに黙してから、尋ねてきた。

「白澤にまつわる毒か？」

「違う。先帝が死刑に処された晩、私は麒麟の死骸に障れてしまった。その時、なにかが流れこんできて、心の臓に根を張るみたいにこの身を侵蝕されたのを感じた。それからよ、あらゆる毒が効かなくなったのは」

この身に棲まうものは、万毒を喰らう。だが、それだけでは終わらなかった。

「月に一度、強い毒をのまないと、堪えがたい苦痛に襲われるの。毒をのまずにふた月も経てば息絶えるでしょうね」

錫の盃に視線を移す。

「宮廷の秘であるこの毒だけが、私を満たすことができる。喰らったことのない毒ならば一時だけは飢えをやわらげてくれるけれど、もって三晩ね」

藍星に盛られた毒も、結局はそれくらいしかもたなかった。

「だからあんたは、皇帝から賜る毒で命を繋いでいるわけか」

約一年前、死刑が取りさげられ、後宮に迎えられたその晩はじめて、飢えに見舞われた。経験したことのない苦痛に侵されながら、本能に突き動かされ、朝から晩まで毒を貪り続けた。鳥兜を喰み、火炎茸《カエンタケ》を喰らって、果てには水銀まで飲みかけた頃に現皇帝が訪れた。

皇帝は万事を予想していたように毒盃を差しだした。恩情というかはわからない。皇帝には皇帝の思惑があるのだろうと理解した。

（それでも、毒をのんだ）

だが毒は毒。解毒できるまでは苦痛に襲われる。

「貴女は隠さないんだな」

「他の者には隠す。おまえだけよ」

ともすれば愛のような言葉を紡ぎ、慧玲は顎をそらして微笑む。

「おまえは敵だからね」

鴆は理解できないとばかりに紫の双眸を疑惑に細める。

「へえ、大抵の奴は、信頼できるものにだけ隠し事を打ち明けたいと考えるものだけれどね」

「言ったでしょう。私のこれは、毒なの。藍星にも雪梅嬪にも教えられない。毒を押しつけることになるからね」

「僕には構わないと？」

慧玲はうっそりと唇を綻ばす。

「そうよ。だって、おまえならば、道連れにしても構わないもの」

鴆は意表をつかれたように表情を変えてから、ため息を織りまぜて微苦笑した。

「ああ、なるほどね……これは認めるしかないな」

「なんのこと？」

こっちの話さ、と彼は言う。

「僕はあらゆる毒に通じてきたが、……貴女ほどの毒は知らないね。そのくせ、まわりのやつらには毒がある素振りひとつみせない」

「私は薬だからね」

「そんな貴女だから、僕は……」

続きは言葉にはならなかった。頭を振り、彼はため息をついた。

「それにしても、毒を喰らい続ける、か。人毒と似ているな」

「なぜ、おまえはその身に禁毒を宿したの」

鴆と逢ってから春、夏、秋と過ぎたが、いまだに知っていることはわずかだ。毒師の一族で禁毒を宿す。風水師の学識もあるが、本職は暗殺者だ。彼は果たしてなにを望み、どんな経験を重ねてきたのか。

「僕が望んだわけじゃない。……」

彼はまた、なにかを言いかけて黙る。踏みこむべきではない境界線もあるだろうと察して、慧玲は再度問いかけることはしなかった。

会話が途ぎれたことで、いまだに鴆に抱きかかえられたままだったと思いだす。いったん意識してしまったら、膝に乗せられているのは落ちつかず、身を離しかけたところで袖をつかまれる。

一秒に満たない沈黙をはさんで、鴆は黙って指をほどいた。

慧玲は鴆と背をあわせてすわり、円窓を飾る座待月《いまちづき》を眺める。秋の晩だというのに、寒くはないのは背から伝わる熱のせいか。

「他愛のない昔の話だよ」

鴆がぽつぽつと喋りだした。

「毒師の一族でも、禁毒に手を染めるものはそういない。禁を破ったのは僕の母親だった。人毒は月の満ちかけにあわせて身のうちに毒をいれ、十三年掛けて調毒《ちょうどく》する――時間の掛かる毒だ」

毒を投与するのは基本、十歳以降だと彼は言った。

「でも、僕がはじめて毒を享けたのは七歳の時だ。……蜂だった」

呼ばれたと感じたのか、黒絹の袖から雀蜂《すずめばち》が舞いあがった。

「僕は産まれつき毒に強く、すぐに蜂の毒を克服した。雀蜂から肢長蜂《あしながばち》、水銀蜂まで試して、今度は蜘蛛になった」

続けて、締められていた帯のすきまから毒蜘蛛が落ちてきた。瑠璃の蜘蛛は撚糸《ねんし》を吐いて、銀細工を想わせる網を櫺子《れんじ》窓《まど》に張り巡らせていく。

「これを延々と繰りかえせば、人毒となる」

慧玲はただ黙って禁毒の経緯を聴いていた。彼がどんな表情をして語っているのか、慧玲にはわからない。声の調子から想像することもできなかった。

「……母親を怨んだ？」

「怨むも、怨まないもないさ。そう、産まれたというだけのことだ。僕は毒でなければ、僕ではいられない」

「そう、私と一緒ね」

鴆の背にもたれて、慧玲は椿が落ちるようにつぶやいた。

「おまえ、私のために殺してくれると言ったね」

「ああ、言った」

「だったら、いつか、私がこの身の毒に喰われたらその時は――」

「願いさげだね」

彼女の望みを察して、鴆がすかさずに吐き棄てた。

ぐいと真後ろから顎をつかまれる。背をそらされ、縛りあげられるように視線を無理やりに絡めとられた。強い束縛に息すらできない。

「……とっとと毒に喰われろ」

紫の玻璃を砕いたような眸に捕らわれる。

「あんたが毒に喰われて、地獄の底まで落ちてくるのを、この僕が待っててやるよ」

「……ああ」

細い息を洩らす。

「おまえはそういう男だった」

だから、彼には毒をさらけだせるのだ。

刹那の睨みあいを経て、解放される。

とん、と煙草《たばこ》の香が残る背にその身を預けて、慧玲は瞼を塞いだ。信頼もできない男の傍がひどく心地好《ここちよ》い。黙りあっているうちに強い睡魔が押し寄せてきた。夢の底に身を投じる。

なぜか、今度は悪夢をみないと想った。

◇

朝になると、鴆はいなくなっていた。

肩にかけられていた外掛を握り締め、意外な気遣いに慧玲は微笑をこぼした。艶のある黒絹からは檀香《だんこう》を想わせる煙のにおいが漂ってくる。いつのまにか嗅ぎなれてしまった香りだ。

「おはようございます、慧玲様！」

玄関から藍星の賑やかな声が聞こえてきた。

「……ごめんなさい。まだ身支度が整っていなくて」

咄嗟に外掛を隠す。男物の服を借りていたとなれば、藍星のことだ、大騒ぎするに違いない。

「皇后陛下から贈り物を預かっていますよ。なんでしょうね」

小箱を渡される。中には銀の笄、真珠の耳飾り、珊瑚《さんご》の帯飾りなどが収められていた。

「わわっ、すごい！　高値な品ばかりですよ。どれか身につけてみます？」

藍星が歓声をあげる。確かに素晴らしい品だが、食医に必要だとは思えなかった。

「藍星、あなたに全部差しあげます」

「はい……え、ええええっ！　だめですよ、頂けません！　私なんかがこんなのをつけたら禿《は》げそうです」

ぶんぶんと勢いよく頭を振る藍星の手を取って箱を握らせた。

「大変な旅でしたが、あなたは最後までよく頑張ってくれました。なのに、私には御礼としてあげられるものがないのです。せめてこれだけでももらってはくれませんか？　身につけにくいのでしたら、売って換金してはいかがでしょうか。故郷のご家族に差しあげてもよいですし」

それに先帝の罪とはいえども、彼女には償いきれないことをした。敬愛する父親を奪い、母親の心を壊して、一族を没落させた。

藍星の掃除や調理補助の手際をみていても、ずっと懸命に働いてきたことが窺えた。

「……有難く頂戴いたします……そのかわり、もっともっと働きますからね」

藍星は涙ぐんで頭をさげた。

慧玲が襦裙を着替え、乱れていた髪を結い直して笄を挿したところで藍星が声をかけてきた。

「慧玲様はその笄しか身につけられないんですね」

青碧の孔雀の羽根でつくられた笄に触れて、慧玲が「ああ、これですか」と言った。

「願掛けのようなものです。白澤の一族は孔雀を信仰していますから」

「孔雀を、ですか？」

「孔雀は毒蛇を捕食することから、昔から万毒を喰らうといわれているんです。だから白澤の一族は笄年（十五歳）を迎えた時に師から孔雀の笄を賜ります。私は師を喪ってから笄を迎えたので、母親の笄を継ぐことになったのですけれど」

笄からは小さな水琴鈴《すいきんれい》がさがっている。竹の実を象った珠だ。動くと微かに水の滴るような音を奏でる。

「お母様も白澤の一族だったんですよね。あ、そっか、先皇后《せんこうごう》さまになるのか。どんな御方だったんですか」

慧玲が遠くに視線を放つ。

「敬うべき恩師でした。……最期まで、父を愛していた」

彼女から教わったことはたくさんある。

薬であれと教わった。その言葉だけをよすがに今、彼女は闘い続けている。けれど最期、彼女は何を想い、みずから命を絶ったのかを考えると胸のうちにざわりと影が差す。触れてはいけないことに触れてしまったと想ったのか、藍星はぎゅっと唇をひき結んでから、わざと明朗な声をあげる。

「お掃除しましょうか。あーやだやだ、蜘蛛の巣まで張っちゃって」

藍星がそそくさと窓に張った蜘蛛の糸を掃う。彼女の朗らかさにはいつも助けられている。

そう、物想いに耽《ふけ》っている暇はないのだ。約半月振りに後宮に帰ってきたら、依頼がかなり溜まっていた。

「私は秋の宮の妃妾の診察にむかいますね。午後には雪梅嬪の健診にも伺わなければ」

雲のない秋晴だ。風に乗って秋蜻蛉《あきあかね》が渡る。荷に薬をつめ、最後にふと想いだして、外掛をいれた。

◇

鵲《かささぎ》の翼を象った黄金の橋を渡る。

秋宮《あきみや》は何処を通りがかっても、錦に飾りたてられた豪奢な造りだ。秋の宴を終えたばかりだというのに、雅楽の調べが聴こえてきた。そういえば、この間は古箏が奏でられていた。秋の宮は音楽の宮とも称される。

慧玲は秋の妃妾の診察を終えたところだった。妃妾は蟬煎餅の効能で瞼の腫れが治まり、季妃が催した秋の宴にもつつがなく参加できたそうだ。

春の宮に移ろうと橋を渡り終わったところで、ふと視線をむければ、庭に建てられた五重塔《ごじゅうのとう》の壁にもたれて、鴆がひとりでなにかを測っているところだった。風水の調査をしているのだろう。

「鴆」

風水師としての仕事をしているのだとすぐにわかったが、まわりに宦官や妃妾がいなかったのもあり、慧玲は声をかける。

「会いたかった」

「ずいぶんとめずらしいことを言うね、雪でも降るかな」

「借りたままだと落ちつかないのよ」

借りていた外掛を渡す。

「なんだ、そんなことか」

外掛を羽織ってから、鴆は残念だなと肩を竦めた。

「そろそろ、僕を好きになったのかと思ったよ」

「そんな時は永遠にこないから安心なさい」

用事は済んだからと背をむければ、後ろから袖をつかまれた。

「ちょうど、僕からも渡したいものがあったんだ。貴女に贈りたくてね」

差しだされた物に慧玲は瞳を見張る。

孔雀石《くじゃくいし》を想わせる緑珠《りょくじゅ》がついた簪だ。華やかではないが、銀細工の細やかさといい、品がよかった。鴆が慧玲の髪に挿してくれる。

「まさか毒なの？」

訝《いぶか》しんで眉根を寄せれば、鴆は何でもないことのように言った。

「察しがいいね。そう、これは僕が調えた毒だよ。うちの一族は煉丹術《れんたんじゅつ》を基とした調毒を最も得意としているからね」

煉丹術とは永遠の命を得るために編みだされた術のひとつだ。鉱物を融かして霊薬を調えるが、辰砂《しんしゃ》や水銀をもちいるそれは、実際のところは薬どころか猛毒である。

「この毒は特殊でね、無症状で命だけを奪う。砕いてから誰かにのませてもいいし、貴女が飢えた時にのんでも構わないよ。苦しまずに飢えを紛らわせるはずだ」

彼がなぜ、このような毒を贈ってくれるのかが理解できず、慧玲は戸惑った。取引でも持ち掛けられるのかと思ったが、彼は慧玲が喜んでいるかどうかを窺うように双眸を細めただけだった。

「なんで」

「愛だとか好きだとか、そんな綺麗なだけの言葉をならべたところで貴女は疑うだろう？　貴女が警戒するような裏はないよ。僕の毒をあげたかった。それだけのことだ」

ほんとうにつかみどころのない男だ。

ふと、あることを想いだす。

「……そういえば、誕生日だったわ」

笄を挿したのがちょうど昨年の今日だった。慌ただしくて意識していなかったが、またひとつ齢を重ねて十六歳になったのだ。

「だったら理由ができたじゃないか」

「ありがとう」

綻ぶように微笑みかける。鴆はへえと意外そうに言った。

「そんなふうに年頃の姑娘らしい笑いかたもできるんだな」

妃妾たちが橋を渡ってきたので、互いに他人のように背をむけた。

突風が吹きあがる。彼がなんと言ったのか聞き取れなかった。問いかえそうとしたが、

「劇毒だろう？　強かで敏くて、それでいて、貴女をみていると……」

「おまえ、私をなんだと想っているの」

◇

久し振りに訪れた春の宮では二季咲きの桜が咲いていた。春ほど賑やかな花つきではないが、紅の葉に飾られ、雅やかだ。雪梅が身に纏う紅絹《こうけん》は秋景《しゅうけい》の窓にひと際映えた。

「順調ですね」

おおかたの健診を終えて、慧玲が言った。

まもなく臨月に差し掛かる。出張の間ずっと雪梅の身が気にかかっていたが、何事もなかったようで安堵した。最後に脈を取っていると雪梅が目敏《めざと》く簪に言及する。

「慧玲。素敵な簪を挿しているのね。……殿方から贈られたんでしょう」

どきりとした。つかみかけていた脈拍が一瞬でわからなくなる。

「まあ、露骨に戸惑っちゃって、可愛い」

雪梅は鈴のように笑った。

「でも、貴女が受け取るなんてね」

「どういうことですか」

「あら、知らないの？　男から女に簪を贈るのはね、結婚してくれという意なのよ」

想像だにしていなかったことに慧玲は眼を瞬かせてから、苦笑いした。

「そういう意はないものかと」

「あら、貴女みたいに可愛くて敏い姑娘さんに思惑もなく簪を贈る殿方がいるものですか」

「だって私は、渾沌の姑娘ですもの」

雪梅はため息をついた。

「関係ないわ。恋はね、落ちるものなのよ。どんな身分で、どんな経緯があって……なんて理屈はあってないようなものなの」

だから、こわいのよ、と雪梅は紅に飾られた唇を綻ばせた。秘する華を覗くように指を添えて、彼女は声を落とす。

「女の勘はあたるの。その男――貴女が想っているよりも、貴女に執着しているわよ」

◇

いつからだろうと鴆は考える。

緑の袖が風に揺れるのをみるだけで、振りかえってしまうようになったのは。

蔡慧玲――彼女は強かな姑娘《おんな》だ。なすべきをなすという言葉通り、まわりからいかに疎まれても瞳を曇らせることなく、凜《りん》と胸を張り続けている。

「奇遇だね」

鴆が声を掛けると、慧玲は銀糸の髪をまきあげて振りむいた。七日前に鴆が渡した簪が陽を映して瞬く。まわりに人がいないことを確かめてから、彼女は愛想笑いから棘のある素の微笑みに表情を移ろわせた。

「つけてくれているのか」

「これは邪魔にならないからね」

慧玲は毒の簪に触れて、なんでもないように言った。

「貴女らしいな。……ああ、せっかくだったら左に挿すといいよ」

鴆はわずかに身をかがめて、簪を挿しなおしてやった。疑わしげに眉を寄せているが、その割には髪に触らせてくれる。彼女は意外なところで無防備だ。愚かしいほどに。

廻廊を渡って、宦官がやってきた。

ふたりの関係は外部に知られるわけにはいかないものだ。慧玲は静かに頭をさげて遠ざかっていく。鴆が華奢な背を視線で追いかけていると、宦官がすれ違いざまに彼女に声を掛けようとした。だがくちごもる。

「私に御用ですか」

「……あ、いや」

あの宦官は夏頃から遠巻きに慧玲のことをみていた。好意を寄せていたのだろうが、簪を左側に挿しているのをみて息をのみ、項垂れる。

(左側に簪ひとつは婚約の証だ)

彼女自身は気づいていないが、彼女を意識している宦官は多い。宦官とはいっても、もとは男だ。

(諦めろよ。それは僕のものだ)

鴆は遠くから宦官を睨みつける。

彼女はいまだに疎まれてはいるが、その才能を認め、頼るものが段々と群がりはじめている。鴆にはそれが訳もなく不愉快だった。

いらだちを紛らわすために煙管を咥《くわ》える。

(僕だけだ)

慧玲はいつでも微笑を絶やさないが、瞳の底に燃えさかる炎は昏かった。

(僕だけが、彼女の毒を知っている)

緑の瞳がどれほど昏く、燃え滾るのか。どれだけの矛盾という毒を抱えながら、くだらない償いなどに身を擦り減らしているのか。それは、彼女も知らないものだ。

（貴女は僕と一緒だ。地獄を喰らい、地獄を呑《の》んだ。そう産まれた。それなのに貴女は奇麗だから、たまらなく……胸を掻きむしられる）

皇后は言った。だってあなたは、彼女のことが好きでしょう、と。あの時は嘲笑して拒絶したが、いまとなっては認めるほかにない。

だが、この愛は毒だ。

（ここまで落ちてきなよ。そうしたらやっと貴女を抱き締めて、優しい接吻《くちづけ》のひとつくらい、できるはずだから）

細い煙がひと筋、青いばかりの空にあがった。

◇

鴆は再度、貴宮に呼びだされていた。皇后にむかって跪き、頭をさげているが終始神経を張りつめている。

「妾のことを知りたがってくれていると聞いたわ。ふふ、嬉しい」

戦線から帰還してからというもの、鴆はずっと皇后について探りをいれていた。あの時、見掛けたのが欣華皇后ではないかという疑惑はいまだにある。調べるにつれて、皇后が不自然な睡眠を取るという事実にいきついた。

(彼女は眠り続けているのではなく、不在なのではないだろうか)

夏妃の事件の時、誰もが貴宮に部外者が訪れたかどうかに意識をむけた。だが、皇后が貴宮を離れていないという証拠は何処にもないのだ。

もっとも鴆の憶測が正解だとして、皇后がなぜ最前線にいたのかが解せなかった。

「……貴方はいったい」

「ふふ……でも、いいのかしら。そんなふうによけいなことばかりにお熱をあげていて。あなたはあなたの復讐のことを、ちゃんと考えないと……お母様が哀しまれるんじゃないかしら」

隠し続けてきた鴆の殺意がぞわりと溢れた。激情に駆られた鴆が咄嗟に袖から毒蛇を放ちかけたのがはやいか、欣華皇后が制するように袖をかざした。

「っ……」

瞬時に冷静さを取りもどして、鴆はまわりに警戒を張り巡らす。

今この場にいるのは鴆と欣華皇后のふたりだけだが、いたるところに護衛が潜んでいるのがわかった。

鴆が殺意をもって動けば、蛇が皇后に牙を突きたてるまでもなく、取り押さえられるだろう。

「……なぜ、僕の素姓がわかった」

毒師といっても、この大陸には様々な一族がいる。彼が件の毒師の系譜だと欣華皇后にわかるはずはなかったのだ。

「だって、あなた。お父様の若い頃にそっくりなのだもの」

鴆が凍りつく。

「違う――」

「違わないわ。あのひとのことは、妾が誰よりも理解しているもの」

皇后は底の知れない微笑を重ねる。

「ねえ、お願いしたいことがあるの。あなたに妾つきの風水師になってほしいのよ。あなたはとても有能だもの。……なってくれるかしら」

鴆は視線を彷徨わせる。

これは命令だ。だが、皇后つきに昇格できることは彼にとっても都合がいい。いかなる罠かはわからないが、皇后の懐に入れば、彼の望みの実現にまたひとつ近づく。

鴆は頭を垂れた。睛眸《せいぼう》の底で怨嗟の毒が荒ぶ。

「承りました、皇后陛下」

華の後宮は愛憎が渦まく毒の宮だ。

そんな後宮にまもなく冬がくる。雪とともにやってくる波乱を、後宮食医の姑娘はまだ知らない。

参考文献（敬称略）

土方康世『臨床に役立つ五行理論―慢性病の漢方治療』（東洋学術出版社）
王財源『わかりやすい　臨床中医診断学』（医歯薬出版）
王財源『わかりやすい　臨床中医臓腑学　第4版』（医歯薬出版）
伊藤清司著　慶應義塾大学古代中国研究会編『中国の神獣・悪鬼たち―山海経の世界（増補改訂版）』（東方書店）
山田慶児編『物のイメージ・本草と博物学への招待』（朝日新聞社）
孟慶遠編纂　小島晋治・立間祥介・丸山松幸訳『中国歴史文化事典』（新潮社）
村上文崇『中国最凶の呪い　蠱毒』（彩図社）
喩静・植木もも子監修『増補新版　薬膳・漢方　食材&食べ合わせ手帖』（西東社）
中山時子監修　木村春子・高橋登志子・鈴木博・能登温子編著『中国食文化事典』（角川書店）
田中耕一郎編著　奈良和彦・千葉浩輝監修『生薬と漢方薬の事典』（日本文芸社）

＜初出＞
本書は、「小説家になろう」に掲載された『後宮食医の薬膳帖 廃姫は毒を喰らいて薬となす』を加筆・修正したものです。
※「小説家になろう」は株式会社ヒナプロジェクトの登録商標です。

メディアワークス文庫

後宮《こうきゅう》食医《しょくい》の薬膳帖《やくぜんちょう》
廃姫《はいひ》は毒《どく》を喰《く》らいて薬《くすり》となす

夢見里《ゆめみし》 龍《りゅう》

2023年7月25日　初版発行
2024年11月15日　4版発行

発行者　山下直久
発行　株式会社KADOKAWA
〒102-8177　東京都千代田区富士見2-13-3
0570-002-301（ナビダイヤル）
装丁者　渡辺宏一（有限会社ニイナナニイゴオ）
印刷　株式会社KADOKAWA
製本　株式会社KADOKAWA

●お問い合わせ
https://www.kadokawa.co.jp/（「お問い合わせ」へお進みください）
※内容によっては、お答えできない場合があります。
※サポートは日本国内のみとさせていただきます。
※Japanese text only

※定価はカバーに表示してあります。

ISBN978-4-04-914983-8 C0193

メディアワークス文庫　https://mwbunko.com/

本書に対するご意見、ご感想をお寄せください。

あて先
〒102-8177　東京都千代田区富士見2-13-3
メディアワークス文庫編集部
「夢見里 龍先生」係

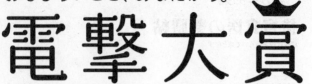